Dinge, die nicht mehr möglich sind

Marion Karadeniz
Dinge, die nicht mehr möglich sind

Bibliografische Information der Deutschen Nationalbibliothek
Die Deutsche Nationalbibliothek verzeichnet diese Publikation
in der Deutschen Nationalbibliografie; detaillierte bibliografische
Daten sind im Internet über http://dnb.d-nb.de abrufbar.

© 2014 Marion Karadeniz
Satz, Herstellung und Verlag: BoD - Books on Demand
ISBN 978-3-7357-9534-2

Prolog

Sie fühlte sich wie unter Wasser. Vollständige Stille bei gleichzeitigem ohrenbetäubendem Rauschen. Wie ein Abstieg in die Tiefe des Meeres. Eine Rückkehr. Friede in den Gedanken, die sich nicht gegen die Massen stellen konnten und daher aufgehört hatten zu sein. Der Atem gleichmäßig, der ganze Körper folgt dem gleichen Rhythmus, dem gleichen Signal, das der Atem vorgibt. Wie ein Schweben im Universum, im Nichts. Sie fühlte einen warmen Schauer durch den Körper gehen. Sie war glücklich. Mehr als glücklich, das Leben war perfekt. Keine Schmerzen, keine Gedanken. Ein kostbarer und perfekter Moment.

Teil 1
Die Kindheit des Mädchens

Die erste Kindheitserinnerung des Mädchens war ein überheiztes Wohnzimmer und ein eiskaltes Schlafzimmer. Von den Wänden im Flur bröckelte der Putz. Die schmutzige Tapete deckte die Wand nur noch teilweise ab. Von den Ecken hing sie in Fetzen herunter. Abends saß die Familie zusammen um einen Ofen, der das Zimmer so sehr wärmte, dass alle ganz schläfrig wurden. Umso kälter waren die anderen Zimmer. Das kleine Mädchen hasste es, vom kleinen Wohnzimmer durch den knarrenden Flur ins kalte, muffig riechende Bad zu gehen, das sie sich mit ihrem Bruder, ihren Eltern und der Großmutter teilte. Das Wasser war immer kalt, die Wände schimmelig von Feuchtigkeit. Danach in ihr winziges Schlafzimmer. Die Bettdecke war feucht und kalt. Obwohl das Zimmer schon klein war, musste sie es mit ihrer Großmutter teilen. Das Bett der Großmutter stand an der gegenüberliegenden Wand. Das Mädchen erschrak manchmal in der Nacht von den Geräuschen, die die Großmutter von sich gab. Auch wachte sie morgens mit zitternden Gliedern auf. Wie konnte es trotz der schweren Decke, die sie im Winter zusätzlich mit ihrem einzigen Mantel abdeckte, nur so kalt sein?

Ihr war schon immer klar gewesen, dass sie in die falsche Familie geraten sein musste. Wenn sie in den fast blinden Spiegel sah, konnte sie ein ganz anderes Mädchen entdecken. Sie sah eine Prinzessin, die aus Versehen in ärmliche Verhältnisse geboren worden war. Wo war das Pferd, auf das sie steigen konnte, um diesem Schicksal zu entgehen? Wie konnte ihre Mutter die Situation ertragen, so wie sie war? Sah sie denn nicht, wie es um sie herum aussah?

Die ersten Jahre überlebte sie in ihrer Phantasie. Sie als Prinzessin in einem Schloss und immer wieder junge Männer, die sich um ihre Hand bewarben. Sie unterzog sie verschiedenen Tests, die sie aber nie bestehen konnten.

Wie würde der Mann aussehen, der letztlich alle Tests bestehen würde? Wo würde er sie hinbringen?

Manchmal verbrachte das Mädchen ganze Tage mit geschlossenen Augen auf ihrem Bett und erträumte sich eine bessere Welt. Einzig ihr Bruder störte hin und wieder ihre Träume durch seine pure Anwesenheit. Immer wenn er im Hause war, machte er Krach. Vor allem im Winter war es schlimm. Sobald es halbwegs warm war, spielte er praktisch den ganzen Tag mit Freunden im Freien. Dann hatte das Mädchen seine Ruhe und konnte ungestört träumen.

Es war kurz vor Weihnachten, als der Sohn des Lebensmittelhändlers vor der Tür stand, um allen treuen Kunden eine Tafel Schokolade zu überreichen mit einer Karte und den besten Wünschen zum Weihnachtsfest. Das Mädchen war mal wieder alleine zu Hause. Als sie die Tür öffnete, hatte sie plötzlich geradezu unbändige Lust auf Schokolade.

»Hallo Marina. Wie geht es dir?«

»Es geht mir gar nicht gut!« Das Mädchen fasste den Türrahmen an, als ob sie sich an ihm festhalten müsste.

»Was meinst du? Bist du krank? Sind deine Eltern denn nicht da? Oder dein Bruder?«

»Nein, ich bin alleine. Meine Eltern …«, jetzt wurde ihre Stimme leise und eindringlich, so als würde sie sich unendlich schwach fühlen, » … sie geben mir nichts zu essen.«

»Was?? Das kann doch gar nicht sein! Sie kaufen doch immer bei uns ein.« Der Junge wusste eindeutig nicht, was er tun sollte.

»Bitte, du musst mir alle Tafeln Schokolade geben. Ich sterbe sonst. Ich brauche die Schokolade, bitte!« Das Mädchen lehnte sich jetzt zu dem erschreckten Jungen hinüber.

»Aber Marina. Das ist ja furchtbar. Du solltest Hilfe holen. Die Polizei …«

»Nein, bitte nicht! Dann bringen sie mich um. Gib mir einfach die Schokolade.«

Der Junge sah unglücklich auf seinen Korb. Er sollte die Schokolade doch im ganzen Viertel verteilen.

»Ich kann dir doch nicht alles geben. Aber hier, da hast du fünf Tafeln. Du kannst aber nicht alle auf einmal essen.«

»Nein, bitte gib mir alle!«

»Aber ich kann doch nicht ...«

»Gib mir alle. Die anderen werden doch nichts erfahren. Niemand wird sich wundern, dass sie keine Tafel erhalten. Und mir rettest du das Leben.«

Marina war sich darüber im Klaren, dass sie gerade etwas übertrieben hatte.

Noch zögerte der Junge etwas.

»O.k., hier hast du sie. Aber esse nicht alle auf einmal, sonst wird dir schlecht.«

»Ich weiß schon, danke dir!«

Marina nahm die Tafeln an sich, schloss die Tür und lächelte voller Zufriedenheit in sich hinein.

In einer Traumwelt zu leben war eine Überlebensstrategie, aber wesentlich besser war es, andere Menschen in die eigene Phantasie einzubeziehen. Im Laufe der Jahre wurde ihr immer klarer, dass sie Einfluss auf andere Menschen hatte. Sie konnte sie manchmal sogar wie Figuren auf einem Schachbrett bewegen. Geschichten, die sie erzählte, wurden immer gewagter. Meistens glaubten die Menschen ihr. Und wenn nicht, legte sie den Kopf in den Nacken und lachte: »War doch nur ein Scherz.« Damit konnte sie fast jede Situation entschärfen. Das Lügen war also ungefährlich. Was konnte schon geschehen? Es war nur ein Spiel, aber sie merkte, dass sie das Spiel immer besser beherrschte.

Die Schule war für das Mädchen eine einzige Qual. Die anderen Kinder mochten sie nicht, es gab niemanden, mit dem sie sich hätte anfreunden können. Auch war es ihr peinlich, mit den alten Klamotten, die oft genug Löcher hatten und durch das häufige Waschen ausgebleicht waren, morgens in der Schule zu erscheinen. Sie hatte den Eindruck, hier ihre Zeit zu vertrödeln. Es gelang ihr einfach nicht, dem Unterricht zu folgen. Wäre da nicht Michael, der Streber, gewesen, der sie immer abschreiben ließ und der sogar hin und wieder die Hausaufgaben für sie erledigte, sie wäre sicher schon längst wegen ihrer schlechten Leistungen von der Schule geflogen. Leider nur mochte sie Michael überhaupt nicht. Sie verstand auch nicht, was er von ihr wollte. Er schien völlig mit ihrer Aufmerksamkeit und ihrem dankbaren Lächeln als Gegenleistung für seine Dienste zufrieden zu sein. Er war nicht mehr als ein nützlicher Trottel.

»Sag mal, läuft da eigentlich was zwischen dir und diesem Michael?«, fragte eines der besonders vorlauten Mädchen. Marina saß mit einer Gruppe Klassenkameradinnen während einer unendlich langweiligen Freistunde im Aufenthaltsraum.

»Quatsch, da läuft natürlich nichts, was denkst du denn«, antwortete Marina gelangweilt.

»Gestern, da wart ihr aber ganz schön lange zusammengesessen. Ganz nah beieinander, hier in der Ecke«, das Mädchen deutete auf die andere Seite des Raumes.

»Er hat mir nur diesen Mist mit den Prozentzahlen erklärt.«

»Aber das ist doch nun wirklich einfach. Warum kapierst du das eigentlich nicht? Bist du so dämlich?«

»Du würdest bereuen, was du gerade gesagt hast, wenn du die Wahrheit kennen würdest.«

»Wie bitte? Was willst du damit sagen? Welche Wahrheit? Spinnst du jetzt?«

»Die Wahrheit ist schlimmer, als du es dir in deinem Spatzengehirn ausmalen kannst.«

Die anderen Mädchen waren verstummt und schauten Marina ängstlich an.

»Jetzt sag schon. Was meinst du damit?«

Marina schaute zu Boden. Sie war sich der Aufmerksamkeit der gesamten

Gruppe von Mädchen bewusst. Dann blickte sie entschlossen und mit traurigen Augen nach oben und schaute jedes einzelne Mädchen an.

»O.k., ich werde es euch sagen, aber verschont mich anschließend mit eurem Mitleid und versprecht mir, dass ihr es nicht weitererzählt.«

»Versprochen.«

»Ist doch klar«, kam es von allen Seiten. Die Mädchen waren wie gebannt.

»Also ...« Sie atmete tief durch. »Ich bin krank. Gehirntumor. Leider nicht operierbar. Teile des Gehirns funktionieren nicht mehr.«

Marina schaute theatralisch zunächst in die Runde, dann schaute sie das Mädchen an, das zuerst gesprochen hatte.

»Also nenne mich nicht dämlich, denn du hast keine Ahnung, wie das ist.«

Damit stand Marina auf und verließ den Raum.

Sophia und Walter

»Aufstehen, Schatz, hast du den Wecker nicht gehört? Es ist schon sieben Uhr, du musst dich fertig machen!«

Walters Ton war nicht unfreundlich. Für seine Verhältnisse als ausgeprägter Morgenmuffel sogar fast zärtlich. Sophia schaute verschlafen zum Wecker. Ja, es war tatsächlich schon sieben Uhr. Was war mit dem Wecker los? Hatte sie ihn nicht gehört oder hat er nicht geklingelt? Sie schälte sich aus dem Bett, ging ins Bad und als Erstes unter die Dusche. Danach fühlte sie sich kaum wacher und wäre am liebsten zurück ins Bett gekrochen.

»Willst du noch was frühstücken?«, rief Walter von der Küche her.

Eine fast rhetorische Frage. Sie arbeitete beim »Coffee for you«, einem Frühstücksrestaurant. Es hatte sich so eingebürgert, dass die fünf Angestellten des Lokals, bevor die erste Kundschaft kam, immer die süßen Stückchen vom Vortag essen konnten. Nur selten sah es so aus, als bliebe nicht für alle genug übrig. Tobias, ihr Chef, beteiligte sich ebenfalls an dem gemeinschaftlichen Frühstück, das zu einem von allen geschätzten Ritual geworden war.

»Nein, danke. Ich mache mich auf den Weg. Bis heute Abend.«

»Ja, bis heute Abend, mein Liebes.«

Kurz bevor sie das Lokal betrat, fing es an zu regnen. Sie merkte, dass sie für den einbrechenden Herbst eigentlich zu leicht gekleidet war.

Was für ein Sauwetter!, dachte sie.

Tobias war direkt hinter ihr.

»Mensch, Sophia, du rennst aber ganz schön am frühen Morgen. Seit der U-Bahn-Station versuche ich, dich einzuholen.«

»Guten Morgen, Tobias. Sorry, ich war wohl in Gedanken und habe dich gar nicht bemerkt.«

Susanne, Hans und Martha waren schon da und begrüßten die beiden freundlich.

»Sophia, willst du Apfeltasche oder Mohntörtchen?«, fragte Susanne und deutete auf das Tablett vor ihnen. »Du hast die Wahl!«

Susanne war wie immer sehr schlicht gekleidet. Jeans, schwarzes T-Shirt, die schönen braunen Haare einfach hinten zusammengebunden. Sie war hübsch auf eine unauffällige Art.

»Danke, ich bleibe heute beim Laugenbrötchen. Nichts Süßes für mich, du kannst beide essen«, sie lächelte Susanne an.

Sophia mochte ihre Kollegen und Susanne ganz besonders. Sie mochte auch ihre Arbeit. Eigentlich war es ein entspanntes Arbeiten. Nur selten war Hektik angesagt, so wie neulich, als die Kaffeemaschine kaputt war, oder nach dem Fußballspiel, als ein betrunkener Kunde drohte das Mobiliar zu zerschlagen und Tobias die Polizei holen musste.

Sophia mochte auch die Unverbindlichkeit der Begegnungen mit den Kunden. Hier gab es keine Stammkunden, kein Schwätzchen beim Kommen oder beim Bezahlen. Hier musste alles schnell und effizient gehen. Zwar verfügte das kleine Café auch über ein paar Tische und Stühle, aber die meisten Kunden bevorzugten die »to go«-Variante. Sie nahmen sich Kaffee und Brötchen mit ins Auto oder ins Büro. Selbst wenn sie jeden Morgen kamen und immer einen Milchkaffee mit Croissant bestellten, gab es niemanden, der sagte: »Einen schönen guten Morgen, Frau Müller! Für Sie heute wieder das Übliche?«, sondern Frau Müller gab immer die gleiche Bestellung in voller Länge an der Kasse auf. Es gab auch praktisch nie Beschwerden. Wenn die Kunden feststellten, dass die Brötchen nicht schmeckten, war es ja auch in der Regel schon zu spät. Außerdem kam das nicht vor. Tobias achtete immer darauf, dass alles frisch zubereitet war. Für die Sachen vom Vortag hatte er ja dankbare Abnehmer.

Wie immer gab es kurz nach Öffnung des Cafés den üblichen Andrang von morgendlichen Kunden. Die Bankangestellten kamen zuerst, anschließend die etwas weniger gut gekleidete sonstige arbeitende Bevölkerung und direkt danach die Studenten, die vor der ersten Vorlesung noch einen Koffeinschub brauchten. Es war jeden Tag die gleiche Abfolge und nur selten kamen Kunden, die zu dieser Uhrzeit nicht ins Bild passten. Sophia und ihre Kollegen waren ein eingespieltes Team. Wie im Fluge kochten sie Kaffee, füllten die Auslage auf, holten Milch aus dem Lager, füllten Kleingeld in der Kasse nach und reinigten die Tische, wo es nötig war.

Sophia hatte sich immer gefühlt wie ein Rädchen in einem gut eingespielten Team, in dem jeder gleichermaßen mit anpackte. Heute schien sie nicht im Einklang mit den anderen zu sein. Immer war der Putzlappen nicht da, wenn sie ihn brauchte, um die Tische abzuwischen. Sie stand den anderen irgendwie im Wege, war langsamer als sonst. Hatte es jemand bemerkt? Der Morgen, der sonst immer wie im Fluge vergangen war, zog sich diesmal unendlich in die Länge. Nach dem Mittagsandrang wussten sie, dass bis ca. 15 Uhr etwas Ruhe einkehren würde und jeder sich eine halbe Stunde Pause gönnen konnte.

Susanne musste den dreijährigen Tim vom Kindergarten abholen und arbeitete daher nur Teilzeit. Sie verabschiedete sich mit einem fröhlichen »Bis morgen dann« und verließ das Café. Sophia schaute ihr gedankenverloren nach. Als sie vor etwa fünf Jahren angefangen hatte, in diesem Café zu arbeiten, waren Susanne und Sophia hin und wieder abends noch zusammen in ein nahe gelegenes Restaurant gegangen. Sie waren nie wirklich enge Freundinnen, aber doch immerhin sehr gute Kolleginnen, die sich über alles Mögliche austauschen konnten. Dabei hatte sie immer das Gefühl gehabt, Susanne schon lange zu kennen und ihr irgendwie nah zu sein. Durch die Geburt des Sohnes und die schwierige Trennung von ihrem langjährigen Lebensgefährten hatte sich für Susanne alles verändert. Alles unter einen Hut zu bekommen war nicht einfach für sie, und die beiden Frauen hatten außerhalb der Arbeit schon lange keinen Kontakt mehr gehabt.

Als sie sich kurz nach 17 Uhr zum Gehen bereit machte, war sie nicht müde, aber die Füße taten ihr weh. Das viele Stehen war ein Nachteil des Arbeitens im Café. Als sie den Mantel anzog, fiel ihr ein, dass sie heute Abend mit Hubert und Ina verabredet waren. Ein leichtes Gefühl der Enttäuschung breitete sich bei ihr aus. Nicht, dass sie die beiden nicht mochte, aber sie hätte den heutigen Abend gerne für sich gehabt.

Hubert und Ina

Beide waren pünktlich wie immer. Ina in grüner Seidenbluse und schwarzen eng geschnittenen Hosen, Hubert im Anzug, aber ohne Krawatte. Das war für die beiden die Definition von »leger«. Inas dunkle Haare fielen in gleichmäßigen Locken über die Schulter. Fast hatte Sophia den Eindruck, als hätte sie sich extra für diesen Termin die Haare frisieren lassen. Sophia fühlte sich blass neben ihr und irgendwie älter, auch wenn sie wusste, dass beide Frauen nur ein Jahr auseinander waren, wobei Sophia mit ihren 45 Jahren die jüngere war.

Irgendwas störte sie dennoch heute an den beiden. War es nur ihr Wunsch nach Ruhe am Ende des Arbeitstages? Nein, es war etwas anderes. Ein Störgefühl, wenn sie die beiden zusammen sah. Sie strahlten so eine Harmonie aus. Konnte sie so egozentrisch sein, dass sie das störte? Warum nur? Sie hatte Ina und den stets gut gelaunten Hubert immer gemocht. Was war nur los mit ihr? Sie versuchte, das Störgefühl wegzustreifen wie eine lästige Fliege. Sie lächelte die Freundin an. Sie wollte diesen Abend überstehen. Irgendwie.

»Und dann – ihr glaubt es nicht. Kaum war sie wieder gesund und bei der Arbeit, da nimmt sie unbezahlten Urlaub für sechs Monate und begibt sich auf Weltreise. Könnt ihr euch das vorstellen? Die ganze Karriere war auf einmal nicht mehr wichtig!«

Ina sprach von ihrer Arbeitskollegin Monika, die bisher für die Freundin als Prototyp der Karrierefrau galt. Sophia hatte nie so ganz verstanden, ob Ina das gut fand oder eher abschreckend.

»Ich denke, es gibt so was wie einen Schock, der durch die Erkrankung ausgelöst wurde. Immerhin war es ja ein kleiner Schlaganfall. Zusätzlich sind das ja die Jahre, in denen die Wechseljahre für Frauen ohnehin eine Art Zwischenbilanz darstellen. Man fragt sich: Lebe ich das Leben, das ich leben will? Was kann ich noch ändern?«

Natürlich war es Hubert, der Psychologe, der so sprach. Sophia mochte diese Ich-weiß-Bescheid-Attitüde von Hubert nicht besonders. Glaubte er wirklich, nur weil er Psychologie studiert hatte, konnte er die Menschen durchschauen?

»Moment mal, Monika ist gerade mal Mitte 40, da hat man noch keine Wechseljahre.«

Ina schaute ihren Mann mit gespielter Strenge an.

»Da fängt das aber rein biochemisch schon an. Die Anzeichen sind jedenfalls schon da. Das ist so etwas wie das Gefühl, dass der Sommer nun zu Ende sein könnte.«

Sophia hatte Schwierigkeiten, weiter zuzuhören. Sie spürte, dass sie innerlich unruhig und ungeduldig wurde. Was erzählte die Freundin da überhaupt? Wie konnte sie ernsthaft glauben, dass sie sich für eine Frau interessieren würden, die sie nie gesehen hatte? Außer Ina selbst kannte niemand am Tisch hier diese Monika. Obwohl Hubert so tut, als wisse er alles über diese Frau, hat er sie doch wahrscheinlich auch nie kennengelernt. Seit über einer halben Stunde sprach sie jetzt von dieser Monika. Worauf wollte sie hinaus? Was interessierte sie die Midlife-Crisis irgendeiner Kollegin von Ina? Und dann noch die Ferndiagnose von Hubert! Geradezu unerträglich. Sie atmete tief durch und versuchte ruhig zu bleiben. Und den aufkommenden Ärger zu unterdrücken. Das ganze Gespräch schien ihr so unglaublich irrelevant zu sein.

Plötzlich wechselte Ina das Thema:
»Sag mal, Sophia, wie ist das eigentlich mit deinem Unfall? Wie geht es dem Kind denn heute?«
»Ich nehme an gut, immerhin habe ich es ja nicht totgefahren.«
»Sophia, bitte ...« Walter schaute sie etwas genervt an.
Sie hatte das Kind tatsächlich nie wieder gesehen. Die Eltern hatten sich nicht einmal bei ihr bedankt. Außerdem wurde sie nicht gerne an den Unfall erinnert. Die Leute sprachen darüber so unwissend. Sie wollte die Erinnerung daran für sich behalten, ohne darüber sprechen zu müssen.

Nach einem Dessert, das sich für Sophia unerträglich lange hinzog, sowie einer Tasse Espresso sowie noch einem Schnaps für Walter und Hubert war es endlich so weit, dass sie aufbrechen konnten. Früher hatte Sophia die Abende mit den beiden genossen, heute war irgendwie alles anders. Vielleicht aber war es nur einfach heute nicht ihr Tag. Sie verabschiedeten sich wie üblich mit Küsschen links und rechts und Sophia fühlte sich befreit, als sie den Nachhauseweg antraten.

Als Sophia und Walter zu Hause angekommen waren, gingen sie beide ohne ein weiteres Wort ins Bad. Sophia hatte den Eindruck, dass Walter irgendwie sauer auf sie war. Nach solchen Abenden mit Freunden hatten sie sonst immer gerne noch einen kleinen Absacker in der Küche zu sich genommen, um den Abend noch mal Revue passieren lassen. Oder war Walter schlecht gelaunt, da er den Abend ebenso langweilig fand wie sie?

»Was war los mit dir heute? Du warst so abweisend!«, sagte Walter, als er sich neben Sophia ins Bett legte.

»Ich weiß nicht. Ich fand diese Geschichte mit der Arbeitskollegin so irrelevant, so unendlich langweilig. Was haben wir damit zu tun?«

»Ich bitte dich, das war doch nur Konversation! Sonst hast du auch nie so darauf reagiert.«

Das stimmte wohl, irgendwie. Sophia dachte nach. Seit ihrem Unfall kam ihr alles anders vor. Sie dachte mit einer gewissen Wehmut an die Zeit im Krankenhaus zurück. Als sie aufwachte, hatte man ihr zu verstehen gegeben, dass sie drei Tage im Koma gelegen hatte. Die Ärzte waren sich nicht sicher, ob sie aufwachen würde. Aber sie wachte auf. Leider. Ihre Gedanken schweiften zurück zu den schwierigen Tagen nach dem Unfall. Es begann mit dem Aufwachen im Krankenhaus.

Der Unfall (Rückblick)

Zunächst spürte sie nur die unangenehme Helligkeit des Krankenzimmers. Das Licht tat ihren Augen weh. Rechts auf der Bettkante saß ihr Mann Walter und schaute sie besorgt, und als er erkannte, dass sie wach war, mit unendlicher Erleichterung an. Sie wusste sofort, dass es sich um ihren Mann handelte, kein Gedächtnisverlust, wie die Ärzte zunächst befürchtet hatten. Alles war sofort da. Nur die Frage blieb: Warum hatte man sie aus dem perfekten Glück geholt und warum war sie hier? Die letzte Frage war einfach zu beantworten. Sie war von der Arbeit nach Hause gefahren, ein Kind lief einem Ball nach und auf die Straße, sie versuchte auszuweichen und gelangte dadurch auf die gegenüberliegende Straßenseite, wo sie mit einem

Porsche Cayenne zusammengestoßen war. Ihr Auto hatte Totalschaden, der Porschefahrer war unverletzt. Sie war nicht zu schnell gewesen, hatte nur das Kind zu spät gesehen. Also einfach etwas, was eben passieren kann? Die ungeheure Gefahr, die sich aus einer Situation ergab, in der niemand direkt einen Fehler gemacht hatte, und die dennoch mindestens drei Menschenleben hätte kosten können, drang erst später zu ihr durch und erschütterte sie bis ins Innerste.

»Sophia, erkennst du mich? Kannst du mich hören? Schwester, bitte kommen Sie doch, sie ist aufgewacht!« Walter war ganz euphorisch.
Nach tagelangem Warten an ihrem Bett war endlich das erhoffte Wunder geschehen. Sophia war wieder da.
»Ja, ich kann dich hören, Walter. Es geht mir gut. Alles ist in Ordnung.«

Tatsächlich war nach dem Koma gar nichts mehr in Ordnung. Die Welt fühlte sich feindselig und unglaublich grell hat. Sophia war in einer Stimmung, die sie vorher nie gekannt hatte. Und was hätte sie sagen oder erklären sollen? Sie wusste ja selbst nicht, was los war. Am Anfang konnte sie ihre Stimmung noch auf körperliche Schwäche schieben, sie lag die meiste Zeit im Bett, auch wenn sie schon wusste, dass sie eigentlich wieder kräftig genug war, um aufzustehen.

Walter beschlich das Gefühl, dass Sophia aus irgendeinem Grund nicht gesund werden wollte. Er hatte ihren Arzt vom Büro aus angerufen und dessen Worte klangen ihm noch im Ohr:
»Wir können sie nur körperlich heilen, und körperlich ist sie wieder gesund. So ein Unfall kann aber mehr verletzen als nur den Körper. Das ist auch ein Schock, den man erst mal überwinden muss. Geben Sie ihr noch etwas Zeit, dann wird das schon wieder!«
Wie lange würde sie noch brauchen? Sophia ging noch nicht wieder zur Arbeit. Wenn Walter nach Hause kam, war sie entweder schon im Bett oder kreidebleich auf dem Sofa liegend. Sie klagte über Kopfschmerzen und fühlte

sich »nicht gut«. Dabei war es unmöglich, mit ihr zu sprechen. Walter war durch die Situation völlig überfordert. Sie wirkte auf ihn so verletzlich, so … verwirrt. Vielleicht war er zu ungeduldig, aber Sophia schien den Zeitpunkt des Gesund-werdens aufzuhalten, so als ahne sie, was kommen würde, sobald sie wieder bei Kräften wäre.

Ausflug zum Winzer Johann

Einem plötzlichen Einfall folgend hatte Walter einen Ausflug aufs Land vorgeschlagen. Er kannte noch aus Schulzeiten den Winzer Johann, der nicht nur guten Wein produzierte, sondern auch in wunderschöner Landschaft mit seiner Familie direkt am Weinberg in einem großen Haus lebte. Fast war er überrascht, dass Sophia seinem Vorschlag zustimmte. Walter und Johann waren auf das gleiche Internat gegangen. Da Walters Vater in einem internationalen Bauunternehmen tätig war, lebte er überwiegend im Ausland. Seine Mutter folgte ihm, wohin er auch ging, wollte aber nicht, dass ihre Kinder dieses Nomadenleben mitmachen mussten. Insofern war Walter zwar nicht zum Nomaden, aber für die Dauer der Schuljahre zum Waisenkind geworden.

Ganz anders sah es bei Johann aus. Das Weingut war so entlegen, dass das Internat einfach die nächste höhere Schule war. Am Wochenende fuhr Johann mit dem Bus nach Hause und hin und wieder nahm er Walter mit. Diese Wochenenden in der ländlichen Idylle und mit Johanns Großfamilie, die ihn immer mit offenen Armen empfangen hatte, gehörten zu den glücklichsten Kindheitserinnerungen, die Walter hatte. Johann führte ein Traditionsunternehmen. Seine Eltern, Großeltern und Urgroßeltern hatten bereits das Weingut bewirtschaftet.

»Mensch, alter Junge! Ich freue mich wirklich, dich zu sehen!« Johann kam gerade vom Holzfällen, die Hände noch schmutzig und die Hose voller Späne.

»Und deine schöne Frau hast du mir so lange vorenthalten?«

Er ignorierte die Hand, die Sophia ihm hingestreckt hatte, und umarmte Sophia ebenso freundschaftlich wie zuvor Walter.

»Mein Mann ist ein Charmeur, aber fallen Sie nicht auf ihn herein. Das reicht ja, wenn eine von uns beiden diesen Fehler gemacht hat.«

Es war Inge, die Sophia ebenso lachend in den Arm nahm. Inge war vollkommen ungeschminkt, die halblangen Haare hingen ihr bis zu den Schultern. Ihr Gesicht war gütig und freundlich. Sie war leicht übergewichtig und trug einen bunten langen Rock mit einem langärmeligen dunkelblauen T-Shirt. Johann dagegen war der Inbegriff eines Naturburschen. Die Oberarmmuskeln zeichneten sich unter seinem Arbeitshemd ab und er schien kein Gramm Fett zu viel zu haben.

»Ich zeige den Gästen erst mal ihr Zimmer. Wäre sicher kein Luxus, wenn du dich vor dem Essen noch duschen könntest, Johann, mein Liebling!«

Sophia mochte den ironischen, aber liebevollen Tonfall zwischen den beiden. Nachdem sie das geräumige Gästezimmer bezogen und sich im direkt nebenan liegenden Bad etwas frisch gemacht hatten, war das Abendessen auch schon fertig und Inge rief bereits aus der Küche. Das Abendessen bestand aus einem großen Eintopf mit Fleisch, Gemüse und Kartoffeln. Sophia, die derartige Hausmannskost eigentlich nie selbst kochte, fand es überraschend schmackhaft. Es passte irgendwie zu dem Haus und zu der ganzen ländlichen Umgebung. Walter schaute lächelnd zu ihr hinüber und freute sich, dass sie wenigstens mal etwas aß. Natürlich gab es auch den guten Wein aus eigener Herstellung.

Johann und Inge hatten drei Kinder, die alle bereits aus dem Haus waren. Jetzt hatten sie das große Haus mit vielen Zimmern und überlegten, einige davon an Touristen zu vermieten.

»Das ist doch eine wunderbare Idee! Viele Stadtmenschen wünschen sich Erholung in der Natur und ihr könntet das mit einer Weinprobe verbinden oder einem Weinseminar.« Walter war schon wieder ganz Geschäftsmann.

»Das ist schon richtig, aber andererseits sind wir beide ja noch aktiv im Weinbau. Wir haben unsere Abläufe und manchmal kann man da einfach keine Fremden gebrauchen. Wenn auch noch Kinder hier sind, müssen wir sehen, dass das Rattengift im Giftschrank bleibt, sonst vergiftet sich vielleicht wieder jemand.«

»Was meinst du mit vergiftet sich WIEDER jemand?«

»Inge spricht von dem Arsen, mit dem wir den Weinberg spritzen, wenn es zu feucht ist. Wir haben damit noch nicht wirklich jemanden vergiftet, aber neulich lag die Katze vom Nachbarn tot in unserem Garten.«

»Was? Das ist ja fürchterlich!« Es war Sophia, die das gesagt hatte.

»Wir sind halt kein Ökobetrieb«, erklärte Johann, »wir bekämpfen die Schädlinge noch wie zu Zeiten meines Urgroßvaters. Nach meiner Überzeugung immer noch das beste Mittel dafür.«

»Aber ist das nicht auch für Menschen gefährlich?«

»Das ist absolut tödlich. Aber man sollte es ja auch nicht essen. Und was die Katze angeht: Ich hätte den Biestern mehr zugetraut. Heißt es nicht immer, die wären so intelligent? Wie kann die dann nicht mal merken, dass sie Gift frisst?«

Inge sah den entsetzten Gesichtsausdruck von Sophia.

»Johann, das klingt jetzt aber wirklich herzlos. Eine Katze ist zwar nur ein Tier, aber für viele Menschen ist deren Tod eben doch ein trauriges Ereignis. Vor allem für Menschen, die nicht auf dem Land leben.«

Den letzten Satz hatte sie sehr eindringlich gesagt.

»Ist schon klar. Wir haben ja auch daraus gelernt. Das Gift bleibt jetzt verschlossen im Keller. Wenn die Ratten davon was fressen, dann soll es mir allerdings auch recht sein. Oder ist das dann auch ein trauriges Ereignis?«

Sophia genoss den Ausflug aufs Land und den Besuch bei Johann und Inge mehr, als sie es jemals erwartet hätte. Die langen Spaziergänge mit Hubert oder zu viert, wenn die beiden gerade nicht auf dem Weinberg arbeiteten, sowie die viele Zeit, die sie im Garten oder auf dem Weinberg verbringen konnten, waren für sie eine wunderbare Erholung. Der Umgang mit dem

Winzerehepaar war zudem so unkompliziert und freundlich, dass sie sich gleich heimisch fühlte und gar nicht glauben konnte, dass sie die beiden vor wenigen Tagen erst kennengelernt hatte.

In dieser Nacht hatte Sophia einen Entschluss gefasst. Um wie viel sorgloser wäre doch das Leben, wenn man wüsste, dass man es jederzeit beenden könnte. Sie dachte fieberhaft darüber nach, wie sie an das Arsen kommen könnte. Sie glaubte zu wissen, wo es lag. Johann und Inge hatten eine ausführliche Führung durch das Haus und den Weingarten gemacht und ihnen dabei alles erklärt. Sie hatte auch am Abend Informationen zu Arsen gegoogelt. Es war in kleinen Mengen tödlich und leicht in Flüssigkeit aufzulösen. Am Ende war sie selbst überrascht, wie einfach es war. Die beiden Landarbeiter, die für Johann und Inge auf dem Hof arbeiteten, kannten Sophia mittlerweile und waren gar nicht misstrauisch, als sie in den Keller kam, wo die beiden dabei waren, die Weinfässer zu begutachten. »Können Sie mir bitte mal den Schrank aufschließen?«, fragte sie den jüngeren der beiden. »Klar, kein Problem. Aber vorsichtig, da ist auch das Gift drin«, das sagte Marek so leicht dahin. Er ging wohl davon aus, wer sich auf dem Hof aufhielt, wusste auch, wie man sich zu verhalten habe. Er beachtete Sophia nicht, die blitzschnell drei weiße Tütchen mit Arsen in die Tasche gleiten ließ. »Alles klar, das war's schon. Sie können wieder abschließen«, rief sie beim Hinausgehen.

»Nur zur Sicherheit«, sagte Sophia zu sich selbst zum wiederholten Male. Sie wusste nicht, ob sie das Arsen wirklich brauchen würde. Sie merkte, wie die Tage auf dem Land ihr gutgetan hatten. Sie fühlte sich gestärkt und vitaler als zuvor. Johann mit seiner zupackenden Art und Inge mit ihrer ins Gesicht geschriebenen Güte hatten es ihr angetan. Vielleicht gab es ja doch eine glückliche Zukunft für sie. Ein neues Leben. Vielleicht hatte sie den Unfall und seine Folgen mittlerweile überwunden. Sie fühlte sich jedenfalls eher bereit, das Leben wieder anzunehmen. Und dennoch, es war beruhigend, jetzt einen Weg heraus zu haben, wenn es nicht mehr ging, dachte sie und berührte die weißen Tüten in ihrer Handtasche.

Anne Wenninger

Anne Wenninger war seit vier Jahren in einem Pflegeheim untergebracht. Sie litt unter Demenz, seit etwa zwei Jahren hatte sie Sophia nicht mehr erkannt. Die alte Dame hatte ihr eigenes winziges Zimmer. Manchmal saß sie auf dem einzigen Sessel, heute aber lag sie im Bett. Die Schwestern hatten sich nicht die Mühe gemacht, sie anzuziehen. Wahrscheinlich war es ihr heute Morgen nicht gut gegangen. So saß Sophia heute auf dem Sessel und schaute ihre Mutter an, die etwas aufgerichtet im Bett saß. Sie sprach von alten Zeiten. Das Sprechen fiel ihr schwer, fast war es ein Brabbeln wie bei kleinen Kindern.

»Hansi, Hansi nich da hn. Wills spieln? Wills spieln? Nich dahn. Hansi, Hansi nich da hn.«

Sophias Mutter wiederholte diese Sätze immer wieder. Die Stimme ihrer Mutter lullte Sophia ein. Sie war so vertraut, ebenso wie die dunklen Augen der Mutter, die jetzt von tiefen Falten umringt waren. Sie hörte auf, die Mutter anzusehen, und begann einfach nur noch zu sehen. Das ganze Zimmer schien ihr harmonisch und vertraut. Sie fühlte sich sicher. So sicher, dass ihre Gedanken den Raum verlassen konnten. Sie hatte sich wiedergefunden. Sie lehnte sich zurück und entspannte sich.

»Warum haben Sie mich nicht gerufen?« Die Schwester stürmte ins Zimmer.

Sophia erschrak. Was war geschehen? Ihre Mutter schien aufgeregt zu sein. Ein zerbrochenes Wasserglas lag auf ihrem Nachttisch.

»Sie wissen doch, dass Sie den roten Knopf nur zu drücken brauchen.« Die Schwester wirkte verständnislos, aber auch gehetzt. »Wenigstens hat sie sich nicht geschnitten!«

Sie sammelte die Scherben ein, Sophia stand gedankenverloren auf und wollte ihr helfen.

»Ich mache das schon, setzen Sie sich ruhig wieder hin.« Leicht kopfschüttelnd verließ die Schwester den Raum.

Sophia war klar, dass sie sich mehr zusammenreißen musste. Sie war nie ein esoterischer Mensch gewesen. Yoga, Ayurveda und all das hielt sie für großen Quatsch. Eine Art von geschickter Geldmacherei. Und doch fragte sie sich, ob sie einen Hauch von Nirwana erlebt hatte. Jedenfalls hatte sie zunächst kein besseres Wort dafür. Es war, als würde man auf Wolken spazieren gehen. Schwerelos und doch nicht statisch, nicht inaktiv. Irgendwie war ihr Körper ohne Anstrengung in Bewegung gewesen. Ihr Körper war zu spüren gewesen, nicht als Anhängsel, gesteuert von den Gedanken. Es war irgendwie anders herum. Der Körper war einfach da, wenn auch schwerelos, und die Gedanken waren einfach verflogen und belasteten sie nicht.

Sie brauchte diese Momente der Stille und der Freiheit wie eine Süchtige. Immerhin weniger schädlich und günstiger als Heroin, sagte sie sich und lächelte in sich hinein. Sie wusste nicht, warum sie dieses Gefühl, das sie nach dem Unfall im Krankenhaus kennengelernt hatte, ausgerechnet im Krankenzimmer ihrer Mutter wiederfand. Es war der wahre Grund, warum sie ihre Mutter so oft besuchte. In ihrer eigenen Wohnung war es ihr bisher nicht gelungen. Nur in ganz seltenen Momenten, wenn sie sich sehr intensiv auf überirdische klassische Musik, wie etwa Stücke von Bach, konzentrierte. Dann gelang es ihr manchmal.

»Mutter, bitte erzähle noch mal von früher. Erzähle, wie das war … mit Hansi.«

Die alte Frau schaute sie nur wortlos an. Sie schien mit offenen Augen zu schlafen.

Teil 2
Die Jugend des Mädchens

Als Marina 14 war, entschieden ihre Eltern, dass der weitere Schulbesuch keinen Sinn mehr mache, und meldeten sie bei der benachbarten Autowerkstatt als Aushilfe an. Das war so ungefähr das Schlimmste, was Marina sich vorstellen konnte.

»Das ist ein Männerberuf. Dort sind nur Männer!«, hatte sie unter Tränen ihrer Mutter entgegengerufen.

»Ach was, das macht doch nichts. Da lernst du wenigstens was Vernünftiges«, hatte die Mutter geantwortet.

Wie konnte die Mutter ihr das antun, sie in der Autowerkstatt abzugeben, als wäre sie ein lästiges Anhängsel? Konnte die Mutter denn nicht erkennen, dass sie ihr damit die Zukunft vollkommen verbaute? In ihrer Verzweiflung wandte Marina sich an ihren Vater, mit dem sie ansonsten jeden Kontakt zu vermeiden versuchte.

»Vater, bitte! Du musst mir helfen! Du weißt doch, dass ich nicht für die Autowerkstatt geschaffen bin! Ich will etwas anderes machen.«

Der Vater drehte sich im abgewetzten Wohnzimmersessel zu ihr um. Sie sah die Schnapsflasche neben ihm auf dem Boden stehen. Der Vater und dieser uralte Sessel schienen gemeinsam eine Einheit zu bilden. Wann hatte sie den Vater zum letzten Mal woanders als in diesem Sessel gesehen?

»Du kannst ja was anderes machen. Such dir einen wohlhabenden Mann, dann brauchst du nicht arbeiten. Damit könntest du auch deinen Eltern unter die Arme greifen. Aber nicht mal dazu bist du zu gebrauchen!«

Sie sah ihren Bruder schadenfroh grinsen, als sie mit Tränen in den Augen das Zimmer verließ.

Das Schlimmste war jedoch nicht, dass in der Werkstatt außer ihr fast nur Männer arbeiteten. Das Schlimmste waren der Gestank und der Dreck. Bereits nachdem der Meister sie am ersten Morgen mit Handschlag begrüßte, war ihre rechte Hand ölig. Überall dieses Motorenöl und dieser

Benzingeruch. Sie hatte das Gefühl, den Dreck und den Gestank nie wieder loszuwerden. Kaum fasste sie ein Auto an, hatte sie schon wieder schmutzige Hände. Auch das Herumbasteln an den Autos empfand sie als Zumutung.

Die Kollegen und der Meister wussten nicht so recht etwas mit ihr anzufangen. Marina schien es so, als wäre jeden Tag jemand anderes in der Werkstatt. Mal waren es zwei oder drei Jungs, mal waren es weniger. Warum musste sie eigentlich jeden Tag kommen? Das Gehalt, das sie als Aushilfe erhielt, war ein Witz. Sie würde sich davon niemals ein eigenes Zimmer leisten können.

Die Kollegen standen häufig in kleinen Gruppen zusammen und schienen zu feixen, wenn sie in die Nähe kam. Es gab immer nur zwei Effekte, entweder sie wurden ganz still, wenn Marina sich zu ihnen gesellte, oder sie wurden lauter und fingen an zu prahlen, was sie alles am Vorabend erlebt hätten. Marina fand das alles abstoßend. Konnte sich denn niemand normal mit ihr unterhalten? Da sich niemand mit ihr unterhielt, konnte sie auch ihre Spielchen nicht spielen. So gerne hätte sie unter den ungeliebten Kollegen wenigstens ein paar Intrigen gesponnen!

Als sie mal wieder mit dem Rücken auf dem Rollwagen lag, um unter das aufgebockte Auto schauen zu können, spürte sie Blicke auf sich liegen. Der Meister stand ein paar Meter entfernt vor ihr und schaute sie an. Wahrscheinlich hatte er gedacht, sie würde das nicht merken. Sie machte ihre Beine breit, schob sich nach vorne und schaute ihren Chef direkt an.

»Du kannst mich haben, aber nicht umsonst.«

Der Meister sah ertappt aus.

»Was hast du gesagt? Bist du eine Nutte oder was?«

»Nein, bin ich nicht. Aber du kannst mich haben, wenn du zahlst.«

Mit diesen Worten stand Marina auf und ging an ihm vorbei in die Werkstatt.

Es dauerte ein paar Tage, bis der Meister der Versuchung erlag.
»Komm mal mit in den Lagerraum. Ich muss mit dir reden.«
Marina war klar, was jetzt kommen würde.
»Moment mal, erst mal sollten wir den Preis klären.«
»Was bist du nur für eine Schlampe!«

Marina hatte schnell gemerkt, dass die Nebentätigkeit im Lagerraum sich mehr lohnte als die Haupttätigkeit an den Autos. Sie investierte das Geld in Kleider, Kosmetik, Schuhe und Friseurtermine. Endlich sah sie wenigstens so aus, wie sie sich das vorstellte. Am Abend traute sie sich jetzt in Clubs und Diskotheken, die sie vorher immer nur von außen bewundernd angesehen hatte. Zunächst war sie sehr schüchtern in diese neue Welt der Vergnügungspaläste eingetreten. Sie beobachtete, wie die anderen sich verhielten, und versuchte diese zu imitieren. Aber es war ganz einfach. Trinken, lachen, Small Talk und das Tanzen. Es machte ihr mehr und mehr Spaß, sich auf der Tanzfläche einfach der Musik hinzugeben.

»Hey, würdest du das vor der Kamera wiederholen wollen?«, fragte ein gut aussehender älterer Mann lächelnd, als sie müde und etwas verschwitzt von der Tanzfläche an die Stehtische zurückkehrte.
»Wie meinst du das?«, fragte sie.
»Ich bin Modefotograf«, damit gab er ihr seine Visitenkarte. »Ich bin immer auf der Suche nach Talenten. Du hast eine gute Figur, kannst dich gut bewegen. Vielleicht wärst du was für unser Magazin. Wenn du Lust hast, komm doch morgen früh mal vorbei.«
Marina konnte nicht glauben, was sie gerade gehört hatte. Natürlich würde sie kommen, jetzt würde ihr wahres Leben beginnen!
Marina, das Fotomodell.

Die Agentur sah nicht ganz so aus, wie sie sich das in ihren Träumen gedacht hatte. Kein Hochglanz mit rotem Teppich, sondern eher ein ziemlich schäbiges Hinterhausbüro. Na egal, jeder hat ja mal klein angefangen, dachte sie sich. Es machte ihr nichts aus, dass sie sich für die Fotos fast nackt ausziehen musste. Produziert wurden ausschließlich Beiträge für billige Männermagazine. Nicht, dass ihr der Job irgendwie Spaß gemacht hätte. Dazu war ihre Rolle zu passiv. Zudem wirkten alle ziemlich gelangweilt und keiner schaute zu ihr rüber, wenn sie mit einer dramatischen Geste ihre Bluse öffnete. Aber es war allemal besser als der Dreck und Gestank in der Autowerkstatt mit den Turnübungen in der Lagerhalle, die sie seit dem ersten Foto nicht mehr betreten hatte.

»Hast du nicht mal einen besseren Job für mich?«, fragte sie den Talentsucher aus der Disko, als der nach einigen Wochen mal wieder im Studio erschien.
»Was meinst du mit besser? Träumst du etwa auch vom großen Laufsteg? Das kannst du vergessen, dafür bist du zu klein und zu pummelig.«

Es störte sie nicht, dass die Leute aus der Agentur sie nicht mochten. Sie war es gewohnt, auf Ablehnung zu stoßen. Es wunderte sie nur, dass die Fotografen und der Manager der Agentur sie nicht zumindest attraktiv fanden, so wie sie es bei den meisten Männern erlebte. Aber auch das war letztlich irrelevant.

Heute Abend erwartete sie ein besonderer Termin. Sie hatte sich mit ihrem Bruder verabredet und war daher merkwürdig aufgeregt. Sie waren zwar gemeinsam aufgewachsen, aber sie hatte nicht den Eindruck, ihn zu kennen. Sie hatten sich, seit sie ihr Elternhaus verlassen hatte, nicht mehr gesehen.

Walter und Jessica

Walter ließ sich zufrieden auf das Hotelbett sinken. Das Treffen war sehr gut verlaufen. Er konnte erneut den erfolgreichen Abschluss eines Geschäfts an seinen Chef melden. Die Preise waren sogar günstiger, als sie es erwartet hatten. Das war das Schwierigste bei den Verhandlungen mit den Lieferanten.

Nicht zeigen, wenn man positiv überrascht ist. Walter war Einkaufsleiter in einem mittelständischen Unternehmen für Autozubehör. Für ihn selbst war es manchmal fast erstaunlich zu sehen, wie leicht ihm diese Arbeit fiel.

Als er aus dem Fenster in den Himmel schaute, überkam ihn ein trauriges Gefühl von Versagen. Er hatte diese kurzen Dienstreisen immer gerne für Treffen mit Jessica genutzt. Diesmal hatte sie andere Verpflichtungen gehabt und konnte nicht mitkommen. Er war enttäuscht darüber, aber gleichzeitig erleichtert, nicht wieder ihre großen fragenden Augen zu sehen: Wann wirst du mit ihr sprechen?

Es war so ein Klischee: Erfolgreicher, wohlhabender Geschäftsmann und junge, gut aussehende Frau. Immerhin arbeitete sie nicht direkt in seiner Abteilung, aber das machte es wohl kaum besser. Und dennoch: Jessica bedeutete ihm alles. Sie war sein Leben, sein ganzes Denken und Fühlen war von ihr bestimmt. Er fühlte sich leicht und glücklich in ihrer Gegenwart. In den sechs Monaten, die ihre Beziehung nun andauerte, gab es nur für einen Teil der Zeit eine gute Begründung, Sophia nicht die Wahrheit zu sagen. Das war die Zeit direkt nach Sophias Unfall. Er hatte zwei Wochen vorher das erste Mal mit Jessica geschlafen. Er wusste nicht mehr genau, wann der Gesundheitszustand seiner Frau keine Begründung, sondern nur noch eine Ausrede war, nicht mit ihr zu reden.

»Sie ist noch nicht stabil, ich kann jetzt noch nicht mit ihr sprechen. Das würde sie völlig aus der Bahn werfen.«

Jessica war so verständnisvoll, zumindest am Anfang.

»Natürlich ist es noch zu früh. Sie war so lange im Koma. Sie muss sich erst mal wieder sicher fühlen.«

Damit er ihr dann die Sicherheit wieder nehmen konnte, dachte er bei sich selbst. Sie waren über 20 Jahre verheiratet. Er liebte sie nicht mehr, aber er schaffte es nicht, mit ihr zu reden. Nicht etwa weil es ihr immer noch schlecht ging, sondern ganz einfach, weil er ein Feigling war. Wie lange würde es dauern, bis Jessica das merkte?

Das Klingeln des Telefons ließ ihn hochschrecken.

»Ja, bitte?«

»Rezeption hier, Frau Moro möchte zu Ihnen. Kann ich sie hochschicken?«

Ein Blitzschlag ging durch seine Glieder.

»Ja, natürlich!«

Jessica war hier? Er richtete sich die dünner werdenden Haare vor dem Spiegel am Tisch. Er war kaum damit fertig, da klingelte es an der Tür. Jessica erfüllte den Raum mit Licht. Sie sah so frisch aus und unbeschwert.

»Na, Überraschung?«

Sie breitete ihre Arme vor ihm aus und schaute ihn erwartungsvoll und mit strahlendem Lächeln an.

»Jessica, du hier?«, sagte er und fand das im gleichen Moment wenig originell. Er umarmte sie und drückte ihren ganzen Körper dabei fest an seinen. »Ich dachte, du musst zum Geburtstag deiner Freundin Hannelore?«

»Hannelore hat ja noch öfter Geburtstag. Ich dachte mir, es ist wichtiger, dir zu einem hoffentlich gelungenen Geschäft zu gratulieren. Hast du das mit den Dichtungen komplett gemacht?«

Dieses Interesse an seiner Arbeit war ihm bei Sophia nie begegnet. Sie hatte nie gefragt, wie Verhandlungen gelaufen waren. Vielleicht mal ganz allgemein, wie ist es gewesen? Aber sie hatte sich nie für Details interessiert.

»Wir haben uns bei 7 Euro 50 pro Stück geeinigt, damit sind wir 10 Prozent unter unseren Plankosten!«, sagte er, nun auch strahlend.

»Das ist ja wunderbar!« Sie streifte die Schuhe ab, legte sich mit ihrem kurzen Rock aufs Bett. Sie sah ihm direkt in die Augen, öffnete ganz langsam die obersten beiden Knöpfe ihrer bunten Bluse und rekelte sich dabei in den Kissen.

»Wie feiern wir das? Ein Glas Champagner und dann wilder, leidenschaftlicher Sex?«

Er merkte, wie er sofort hart wurde. Sein Glied wollte sich mit aller Macht aus der Hose befreien. War es wirklich so einfach, das Glücklichsein?

»Oh Jessica! Ich bin so froh, dass du gekommen bist.«

Mit diesen Worten versank sein Kopf in ihren Haaren. Er streichelte ihre weiche Haut und wollte sich in sie hineinversenken, um nie wieder an die Oberfläche kommen.

Der Sex war tatsächlich atemberaubend. Noch nie hatte Walter sich so potent gefühlt. Sie saßen jetzt beide im Bett, ein Glas Champagner in der Hand. Wie beiläufig sagte Jessica: »Übrigens, Walter, ich habe gestern mit deiner Frau gesprochen.«

Er hätte sich fast verschluckt. Die gute Laune war wie weggeblasen.

»Du hast WAS? Du hast sie getroffen? Was hast du ihr gesagt?«

Panik stieg in ihm auf.

»Keine Angst, ich habe es vorsichtig formuliert. So vorsichtig es eben ging. Ich habe nicht gesagt, dass du dich scheiden lassen willst. Das wirst du ihr schon selbst sagen müssen.«

»Wie konntest du das tun, ohne vorher mit mir zu sprechen? Was hast du dir dabei gedacht? Ich kann das gar nicht glauben.«

Er fuhr sich nervös durch die Haare.

»Jetzt rege dich mal nicht auf. Sie hat ganz vernünftig reagiert. Du hättest es doch nie über dich gebracht, mit ihr zu reden. Wie lange hätte ich denn noch warten sollen?«

Tief im Inneren wusste er, dass sie recht hatte, und das ärgerte ihn noch mehr. Wie konnte sie ihn so unter Handlungsdruck setzen? Wie konnte sie einfach selbst aktiv werden und nicht abwarten, bis der richtige Moment gekommen war? Er schaute zur Uhr. Es war ein Uhr in der Nacht. Bis nach Hause waren es etwa vier Stunden Autofahrt. Wenn er jetzt losfuhr, konnte er frühmorgens zu Hause sein, bevor sie zum Café ging. Aber würde er das schaffen? Er hatte einen anstrengenden Tag hinter sich und gerade ein Glas Champagner getrunken. Er fühlte sich alles andere als fit für die Autobahn. Und wenn er morgen früh losfuhr und sie mittags im Café traf? War das gut, vor all ihren Kollegen und Kolleginnen? Vermutlich nicht, wer weiß, in welchem Zustand sie war. Ob sie überhaupt zur Arbeit gehen würde? Etwas kam ihm merkwürdig vor, irgendwas schien in dem Bild nicht zu stimmen.

Wenn Jessica gestern mit ihr gesprochen hatte, warum hatte Sophia ihn nicht sofort auf dem Handy angerufen und ihn zur Rede gestellt?

»Jessica, wenn Sophia sich etwas antut, dann bist du ganz alleine dafür verantwortlich! Du hättest wirklich kaum einen dämlicheren Zeitpunkt für deinen Überfall bei ihr wählen können. Wo ist nur dein Verstand geblieben?«

Er wollte sie verletzen, ihr klarmachen, dass sie einen Fehler gemacht hatte, indem sie sich so über ihn hinweggesetzt hatte.

»Glaube mir, Walter, so schnell bringt sich niemand um. Du wirst morgen alles ausführlich mit ihr besprechen können und dann fängt unser neues gemeinsames Leben an. Dann hat die Heimlichtuerei ein Ende und wir können endlich zusammen glücklich sein.«

Er schaute sie an und es war ihm, als sehe er eine andere Frau als wenige Minuten zuvor. Nicht mehr die aufregende Jessica, mit der alles so einfach gewesen war.

Er beschloss, die Nacht über im Hotel zu bleiben. Gleich am nächsten Morgen würde er Sophia anrufen, um zu sehen, wie es ihr ging. Wenn sie nicht zur Arbeit ging, würde er direkt zu ihr fahren. Jetzt war es unausweichlich. Er musste mit ihr reden.

Genauso gut hätte er gleich losfahren können, denn die ganze Nacht konnte er nicht schlafen und wälzte sich in seinem Hotelbett hin und her. Gegen fünf Uhr stand er auf und stellte überrascht fest, dass Jessica gegangen war. Wie konnte es sein, dass er sie nicht gehört hatte? An irgendeinem Punkt in der Nacht musste er doch eingeschlafen sein. Wo war sie hingegangen? Wahrscheinlich hatte sie sich ein anderes Hotelzimmer genommen. War auch besser so. Er hasste den Gedanken, dass sie ihn gezwungen hatte, mit Sophia zu sprechen, obwohl es noch nicht der richtige Zeitpunkt war. Er würde jetzt erst mal duschen und frühstücken und anschließend seine Gedanken ordnen, um dem Gespräch mit Sophia gewachsen zu sein. Etwas Gutes hatte es ja auch, diese Klärung.

Walter und Sophia

»Hallo, hier Holzbauer.«

»Hallo Sophia, ich bin's Walter.«

»Hallo Walter, rufst du vom Hotel aus an oder bist du schon wieder zurück im Büro?«

»Nein, ich bin noch im Hotel. Ich fahre aber gleich los. Ich wollte nur sehen, wie es dir geht.«

»Es geht so einigermaßen, danke dir.«

»Sophia, ich habe das nicht gewusst, ich hätte mir das alles anders vorgestellt. Ich wusste nicht, dass Jessica dich so überfallen würde. Sie hatte das nicht mit mir abgesprochen. Es tut mir leid. Wir müssen heute Abend mal ausführlicher reden.«

»Heute Abend? Da hast du doch Skatabend mit deinen Kollegen?«

»Das ist jetzt nicht wichtig. Ich werde dort absagen. Lass uns Pizzas kommen und uns einen gemütlichen Abend machen. Lass uns über alles reden.«

»Du willst mit mir reden. Okay. Wir könnten zum Sizilianer gehen, was meinst du? Dort kann man sich gut unterhalten.«

»Ja … nein … vielleicht lieber nicht. Vielleicht ist es besser, wir bleiben zu Hause. Ich werde früher kommen. Sophia, ich …«

»Ja?«

»Nichts. Bis heute Abend. Ich wünsche dir einen schönen Tag.«

»Ja, bis heute Abend dann.«

Sophia legte den Hörer auf. Was war nur mit Walter passiert? Normalerweise meldete er sich nie von Dienstreisen. Und was war mit dieser Jessica? Eine junge Frau mit diesem Namen war gestern ins Café gekommen und hatte sich als Kollegin von Walter vorgestellt. Was meinte er mit Überfall? Sie hatte gesagt, dass man sich mal treffen solle. Sonst nichts, das war doch kein Überfall! Wie auch immer. Sie war vielleicht etwas kurz angebunden gewesen. Sie mochte diese Gespräche mit Kunden nicht. Die Kunden waren dazu da, ihren Kaffee zu trinken, nicht zum Reden. Sie hatte auch diese Frau nicht gemocht.

Sie dachte an ihre lange Ehe mit Walter. Es gab keinen Moment, an den sie zurückdenken und sagen konnte: Da haben wir uns kennengelernt. Er war einfach schon immer da. Als Nachbarjunge kannte sie ihn, sobald sie richtig denken konnte. Wann hatten sie sich ineinander verliebt? Das muss schon in ihrer Schulzeit gewesen sein. Walter war ja immer nur in den Ferien zu Hause. Aber wann war das genau? Sie konnte sich nicht erinnern. Sie konnte sich noch erinnern, dass sie ihn beneidet hatte um das Leben im Internat. Einfach wegfahren zu können am Ende der Ferien in eine fremde Welt.

Sie wusste, dass sie gemeinsam getanzt hatten. Es muss an Fasching gewesen sein. Sie war Pippi Langstrumpf, was sich als das dämlichste Kostüm überhaupt herausgestellt hatte. Sie war weder sexy in ihrer übergroßen Schürze und ihren langen Zöpfen noch irgendwie originell. Wie kam ein Teenager auf die Idee, sich wie ein kleines Mädchen zu verkleiden und sich auch noch Sommersprossen auf die Wangen zu malen? Walter war gar nicht verkleidet gewesen, was erst recht unpassend war. Jedenfalls hatten sie getanzt und plötzlich hatte sie sich sexy gefühlt, trotz Zöpfen und Sommersprossen. So wie wenn man jemanden anschaut, den man gut kennt, und plötzlich etwas anderes sieht, das einem vorher verborgen war. Darüber, ob es dieses Etwas immer noch gab, hatte sie in den letzten Jahren nie nachgedacht. Was wäre, wenn Walter nicht mehr da wäre? Natürlich würde sie ihn vermissen, aber was genau würde ihr dann fehlen? Sie wollte lieber nicht darüber nachdenken.

Walter und Sophia saßen sich am nächsten Abend im Wohnzimmer bei Pizza und Rotwein gegenüber, aber niemand hatte das Essen bisher angerührt. Walter war außer sich. Er hatte sich komplett zum Deppen machen lassen. Jessica hielt sich wohl für besonders schlau. Das alles war ein Trick, um ihn dazu zu bringen, mit Sophia zu sprechen. Gleich am Anfang war klar geworden, dass Sophia völlig ahnungslos war. Er spürte das Blut in seinen Adern pochen. Es war unglaublich, ihn so zu hintergehen!

»Du willst mir sagen, dass du eine Affäre mit dieser Jessica hast? Willst du dich scheiden lassen?«

Sophia war selbst überrascht darüber, wie wenig emotional sie diese Sätze sagte. Irgendetwas müsste sich doch in ihr regen. Wut, Trauer, Eifersucht? Da war nur eine Leere. Sie würde mehr Zeit alleine haben, wenn Walter sich von ihr trennte. Mehr Zeit für sich.

»Ich weiß es noch nicht, Sophia. Ich wollte dir nur die Wahrheit sagen. Ich wollte dich nicht weiter belügen. Noch weiß ich nicht, was werden wird.«

Sophia stand auf und stellte das Geschirr in die Spülmaschine. Irgendwie mechanisch. Sie wusste nicht, wie sie sich verhalten sollte. Das Ganze war so unwirklich. Wie im Film. Was taten die Menschen im Film in so einem Moment?

Walter sah Sophia an. Gut, es war jetzt gesagt. Aber hatte Sophia ihn wirklich verstanden? Ein Wutausbruch wäre ihm lieber gewesen. Er hätte einen Wutausbruch verdient. So aber fühlte er sich noch schlechter. Was sollte er jetzt machen? Sich verabschieden und zu Jessica gehen? Oder ins Hotel? Wäre das fair, Sophia jetzt alleine zu lassen?

»Sophia, wenn du jetzt alleine sein willst ...«

Sie drehte sich zu ihm um. »Wie lange geht das schon? Vor oder nach meinem Unfall?«

»Es fing kurz vor deinem Unfall an. Ich wollte es dir nicht sagen, solange es dir noch so schlecht ging.«

»Was heißt ‚es fing an‘? Wer hat damit angefangen? Sie oder du? Warst du auf der Suche nach einer Frau? Warum?«

Sophias Stimme wurde brüchig. Walter ahnte, dass sie gleich weinen würde.

»Ich kann es nicht erklären. Es ist einfach so passiert. Zuerst dachte ich, es wäre nur eine kleine Affäre. Aber es ist mehr daraus geworden.« Walter biss sich auf die Unterlippe.

»Es ist also ernst?«

»Ich denke schon.«

Sophia drehte sich zur Tür. Irgendetwas brach in ihr zusammen. Es konnte doch nicht sein, dass Walter sie verlassen wollte. Sie war wieder das hilflose kleine Mädchen, das den Bruder mit flehenden Augen um Schutz bat, der jedoch nie kam.

»Es war also alles gelogen? Als wir bei Johann und seiner Familie waren. Die Spaziergänge, deine Besuche im Krankenhaus. Das war alles gelogen und du hast nur darauf gewartet, bis du wieder zu ihr kannst?«

»Sophia, ich bitte dich. Ich konnte es dir doch nicht sagen, solange du noch im Krankenhaus warst. Und der Ausflug aufs Land war ehrlich von mir gemeint. Ich wollte dir doch helfen, damit du wieder gesund wirst.«

»Nein, nicht damit ich gesund werde. Sondern damit du mich ohne allzu viele Gewissensbisse verlassen kannst. Deswegen.«

»Nein, Sophia, so war es nicht. Wir kennen uns so lange. Du bist mir doch trotzdem wichtig. Es ging mir um dich.«

»Ich kann mir das nicht länger anhören. Ich gehe jetzt schlafen«, ihre Stimme war jetzt ganz leise geworden.

Sie drehte sich zur Tür und verließ die Küche.

»Ja, mach das. Ich … ich werde auf der Couch schlafen.«

Sophia stockte kurz, als wollte sie sich noch einmal umdrehen, ging dann aber ohne ein weiteres Wort hinaus.

Teil 3
Das Mädchen wird zur Frau

Marina konnte immer noch nicht glauben, dass es wirklich ihr Bruder war, der ihr mit feinem Anzug und Krawatte gegenübersaß. Sie hatte ihn als plumpen, ungeschickten und etwas langsam denkenden Jungen in Erinnerung, aber vor ihr saß ein gut aussehender, offensichtlich nicht gerade armer junger Mann.

»Anders als du, Schwesterchen, habe ich meine Ausbildung abgeschlossen. Ich arbeite in einem großen Industrieunternehmen ‚Industry Tech'. Vielleicht hast du den Namen schon mal gehört?«

»Ehrlich gesagt nicht, aber das hat nichts zu bedeuten. Freut mich jedenfalls, dass es dir gut geht.«

»Na ja, der Job ist schon nicht schlecht und wird auch ganz gut bezahlt. Nicht so wie dein Model-Job natürlich, aber immerhin. Wir sind aber auch ziemlich am Straucheln. Die Firma steht ja jetzt im Wettbewerb und uns fehlt einfach die zukunftsfähige Technologie. Der europäische Markt ist uns einfach so weit voraus. Aber was jammere ich. Erzähle mir was von dir! Was macht der Jetset und wie ist das Leben als Model so? Ich warte ja noch auf dein Titelbild in der Vogue.«

Marina lächelte. Die beiden Geschwister beschnupperten sich fast wie zwei Fremde, die sich zum ersten Mal zum Date trafen. Kaum zu glauben, dass sie ihre Kindheit unter einem Dach verbracht hatten. Marina fragte sich, ob sie darüber auch irgendwann in ferner Zukunft einmal reden könnten. Ihre gemeinsame Kindheit. Sie hätte gerne gewusst, wie es für ihren Bruder gewesen war. Hatte er nicht gemerkt, dass sie seine Hilfe gebraucht hätte? Aber noch traute sie sich nicht, ihn das zu fragen. Sie genoss es, dass sie sich jetzt als Erwachsene ganz normal unterhalten konnten, während sie als Kinder entweder nur gestritten oder sich schlicht ignoriert hatten. Sie fühlte auch, dass ihr Bruder irgendwie stolz darauf war, dass seine Schwester einen Job als Model hatte, und das erfüllte sie mit einem warmen Gefühl, das sie nie wieder verlieren wollte. Der Job klang glamourös, auch wenn er es natürlich gar nicht war. Und das lag nicht nur an der Hinterhoftristesse und den zweitklassigen Aufträgen. Es lag auch daran, dass sie beim Shooting so unglaublich passiv war. Dadurch war das Fotografiertwerden so trostlos. Aber natürlich würde sie das ihrem Bruder niemals sagen.

»Weißt du, diese Agentur, bei der ich jetzt bin, ist für mich nur der Anfang«, sagte sie stattdessen. »Ich muss irgendwie aus diesem Nest hier herauskommen, um wirklich Karriere zu machen.«

»Ja, das denke ich mir! Ein Mädchen wie du sollte hier nicht in der Provinz versauern.«

Der Bruder griff zu seinem Glas Bier, das bereits leer war.

»Und was macht die Liebe? Bist du liiert?« Allmählich kamen sie zu persönlicheren Themen.

»Nein, ich habe noch nicht den richtigen Mann gefunden.«

»Ist auch besser, wenn du da etwas wählerisch bist. Du siehst ja nicht schlecht aus, sicher kannst du dir einen reichen Typen angeln.« Dimitri lächelte verschwörerisch.

»Und was ist mit dir?«, fragte Marina.

»Och, na ja. Ich war wohl nicht ganz so wählerisch. Ich bin schon eine ganze Weile unter der Haube und in drei Monaten erwarten wir unser erstes Kind.«

»Was? Du wirst Vater? Aber, Dimitri, das ist ja wunderbar! Warum hast du mir das nicht gleich gesagt? Seit wann bist du verheiratet? Und mit wem?«

»Du kennst sie nicht. Wir haben uns bei der Arbeit kennengelernt. Aber ich denke, sie wird dir gefallen.«

»Ich möchte sie unbedingt kennenlernen! Dimitri, bald hast du eine eigene kleine Familie, das ist doch fantastisch! Darauf müssen wir anstoßen! Lass uns eine Flasche Sekt bestellen, o.k.?«

»Klar, Schwesterchen, wenn du zahlst ...«

Der Abend war besser verlaufen, als Marina erhofft hatte. Ihr Bruder war doch eigentlich ein ganz netter Kerl geworden! Sie dachte noch immer an ihre Unterhaltung, als sie am nächsten Abend in ihre geliebte Diskothek ging.

Es war wie jeden Samstag der gleiche Laden. Diesmal waren wie so oft in den letzten Wochen Tanja und Regina dabei, zwei ihrer Model-Kolleginnen. Die beiden waren Studentinnen, die sich ihr Studium mit gelegentlichen Model-Jobs verdienten. Marina fand sie arrogant und eingebildet. Stets hatte sie den Eindruck, dass die beiden sich in ihrem Beisein besonders gewählt ausdrückten, um ihre höhere Bildung zu betonen. Außerdem neidete Marina den beiden ihre Unabhängigkeit. Das Modeln war für sie nichts weiter als ein Gelegenheitsjob, während es für Marina ein ernsthafter Broterwerb war. Aber Marina ging nicht gerne alleine aus. Zu dritt fielen die jungen, gut aussehenden Frauen auf jeden Fall immer auf. In Wahrheit waren sie drei einzelne Frauen auf Männerfang, die sich nur aus Gründen der Praktikabilität am Samstagabend zusammentaten. Aber das hätten sie natürlich nie so gesagt.

Sie hatte ihn sofort beim Hereingehen gesehen. Nachdem sie ihn entdeckt hatte, bereute Marina fast, nicht alleine gekommen zu sein. Was, wenn eine der beiden ihr jetzt in die Quere kam? Da war es wohl am besten, gleich aktiv zu werden. Marina fühlte sich mittlerweile so sicher in der vertrauten Umgebung, dass es ihr problemlos gelang, mit dem geheimnisvollen Unbekannten Kontakt aufzunehmen. Zunächst beobachtete sie ihn nur. Sie stellte fest, dass er kein Russisch sprach, also auch noch ein Ausländer. Das machte ihn noch interessanter. Auf der Tanzfläche nahm sie Blickkontakt auf und sprach ihn letztlich an der Bar ganz beiläufig in ihrem leider sehr schlechten Englisch an.

»Na, zum ersten Mal hier?«

»Ja, woher wissen Sie das?«

»Ach, einfach nur so. Ich bin fast jeden Samstag hier und allmählich kennt man das Publikum, das öfter hier ist. Sie sind mir gleich aufgefallen, als ich reinkam.«

»Ja, ich bin auch neu in der Stadt. Eigentlich komme ich aus Deutschland.« Der Mann streckte ihr etwas förmlich die Hand hin. »Jürgen Fellner ist mein Name.«

Der Händedruck war kräftig und zupackend. Das fühlte sich gut an. Marina spürte, wie ihr Herz schneller klopfte. War das so was wie Liebe auf den ersten Blick? Der Mann, der sich als Jürgen Fellner vorgestellt hatte, war durchaus attraktiv, aber eigentlich war er nicht Marinas Typ. Die Gedanken begannen in Marinas Kopf zu kreisen. Sie fühlte ein fast in Vergessenheit geratenes Gefühl von Euphorie und Tatendrang. Marina konnte im Laufe des Abends noch herausfinden, dass er Ingenieur war und unverheiratet. In sechs Monaten würde er zurück nach Köln in Deutschland gehen. Damit war für sie klar, was sie zu tun hatte. Das Kribbeln im Bauch war keine Verliebtheit. Es war die Klarheit über einen Plan, der ihr Leben verändern würde.

Hans-Peter Wenninger

»Aber wir können doch die Kurklinik am See nicht einfach schließen! Die Klinik besteht seit fast 100 Jahren, wir haben doch auch immer noch Kunden.«
Sebastian schaute seinen Kollegen Hans-Peter Wenninger eindringlich an.
»Natürlich haben wir Kunden, aber wir machen seit Jahren Verluste. Sebastian, die Zeiten haben sich geändert. Die Leute gehen in Wellnesshotels, um aufzutanken. Unsere Kurklinik ist verstaubt und nur noch was für Greise. Kurschatten, Kurkonzerte – das alles ist vorbei. Die Leute sind bereit, jede Menge Geld zu zahlen für ihre Erholung, aber eben nicht im Kurzentrum. Wir sollten verkaufen. Noch ist die Marktlage dafür günstig.«
»Aber wir können das doch nicht nur unter Profitgesichtspunkten betrachten. Wir haben doch auch einen Ruf zu verlieren.«
»Sebastian, ich bitte dich! Niemand wird sterben, wenn wir die Kurklinik schließen. Lass uns das später weiterdiskutieren. Ich muss jetzt zum Chef. Wir sehen uns später beim wöchentlichen Meeting mit dem Management, o.k.?«
»Ja, in Ordnung. Lass uns noch mal darüber nachdenken. Bis später.«

Hans-Peter war solche Gespräche gewohnt. Er leitete das Controlling eines großen Wohlfahrtsverbands. Und er liebte seinen Job. Natürlich liebte er auch seine Frau Louise und die beiden Kinder. Aber die Familie war für ihn ein angenehmes Beiwerk. Die Arbeit war sein Lebenselixier. Dabei war es ihm egal, ob es sich bei dem Produkt um Krankenhäuser und Kindergärten handelte oder um irgendwas anders. Das Controlling war der Blutkreislauf eines jeden Unternehmens. Er konnte mit einem Blick erkennen, wo das Unternehmen stand und in welchen Sparten es Gewinne oder Verluste machte. Ohne ihn konnte die Geschäftsführung praktisch nichts entscheiden. Er lieferte die notwendigen Informationen, sah die Trends, konnte Prognosen für die Zukunft machen. Und natürlich wusste er schon jetzt, dass die Kurklinik geschlossen werden musste. Seine Argumente waren für jeden klar denkenden Menschen einfach zu überzeugend.

Sebastian dagegen war ein Idealist. Hans-Peter mochte den Kollegen sogar, aber er war für ihn austauschbar. Würden sie heute einen neuen Spartenleiter suchen, würden sich hundert Sebastians bewerben. Alle würden aus Idealismus schnell mal falsche Entscheidungen treffen. Er dagegen lebte von der Ästhetik der klaren, unbestechlichen Logik. Er liebte seine Zahlenreihen und könnte tagelang Auswertungen erstellen. Seine Gedanken blieben stets im Abstrakten und wurden nicht gestört durch die Bilder von alten, übergewichtigen Frauen, die im beheizten Schwimmbad der Kurklinik ihre Wassergymnastik machten. Für ihn waren diese Frauen eine einfache Differenz aus Einnahmen und Ausgaben. Und die Differenz war im Falle der Kurklinik negativ. Er freute sich schon auf seine Präsentation nachher beim Managementtreffen. Sie würde wie immer klar und logisch sein, sodass am Ende keine Fragen mehr offen sein würden.

Sophia und Susanne

Ein Blick zur Uhr. Gerade mal zehn Uhr am Morgen. Was war heute nur los mit ihr? Der Kaffee war schon wieder leer, das Geschirr stapelte sich auf den Tischen und ein Kunde beschwerte sich:

»Was ist das denn? Der Kaffee ist ja schon kalt!«

»Der Kaffee kann nicht kalt sein, junger Mann! Der steht hier höchstens seit zwei Minuten.«

»Hey, hey, jetzt aber mal bitte etwas freundlicher, ja!!«

Der Tonfall des Mannes in Jeans und weißem T-Shirt war laut geworden. Tobias warf Sophia von der anderen Seite des Raumes einen fragenden Blick zu. Er kannte Sophia als stets freundliche und gut gelaunte Mitarbeiterin. Zwar hatte er nicht genau verstanden, was gesprochen wurde, aber er bemerkte nun schon zum zweiten Mal heute, dass Sophia Probleme mit einem Kunden hatte.

Sophia war froh, als die Pause kam. Irgendwie war alles schwieriger heute. Die Arbeit war ihr doch immer leicht von der Hand gegangen.

»Sophia, ist alles in Ordnung? Du bist so still heute. Und du hast nicht über Tobias Witze gelacht, obwohl die heute ausnahmsweise ganz erträglich waren.«

Susanne und Sophia saßen in ihrer kleinen Angestelltenküche und genossen eine kurze Pause. Manchmal reichte es sogar für einen Kaffee, immerhin saßen sie ja an der Quelle.

»Ach, weißt du, Susanne, Eheprobleme …«, sagte Sophia etwas ausweichend.

»Ist das dein Ernst? Ihr wart für mich immer so eine Art Vorzeigepaar! Was ist denn passiert?«

Susanne schaute die Freundin besorgt an.

»Sophia, wenn du Lust zum Reden hast oder Hilfe brauchst …«

»Ich werde ausziehen.« Sophia war selbst überrascht, als sie sich das sagen hörte.

Es war die Wahrheit. Sie wollte ausziehen, raus aus der Wohnung, weg von Walter. Egal wie die Sache ausging. Abstand war erst mal das Wichtigste. Die Idee einer eigenen Wohnung, die sie ganz allein einrichten konnte, schien auf einmal verlockend.

»Dann melde dich doch mal bei meinem Hausverwalter. Soviel ich weiß, ist letzte Woche jemand ausgezogen. Da könntest du kurzfristig vielleicht etwas finden. So lange, bis Walter zur Vernunft gekommen ist. Ich bin sicher, er wird dich nicht verlassen.«

Das sollte beruhigend klingen. Susanne kannte Walter als liebevollen Ehemann. In ihren vielen Gesprächen mit Sophia hatte die sich nie über irgendetwas beklagt. Trennung, Scheidung, Neuanfang. Sie selbst hatte das alles durchgemacht und wusste, wie sehr man darunter leiden konnte. Sie hatte so lange gebraucht, bis sie wieder optimistisch in die Zukunft schauen konnte. Der Gedanke daran, dass Sophia das alles vielleicht auch durchmachen musste, saß ihr wie ein Kloß im Hals. Sie wollte der Freundin so gern helfen.

Sophia ging zurück in den Verkaufsraum. Sie war sich nicht sicher, ob es richtig gewesen war, sich der Kollegin zu offenbaren. Mit diesem Gefühl des Mitleids, das Susanne ihr entgegenbrachte, konnte sie nichts anfangen. Im Gegenteil, sie fühlte sich damit eingeengt und unfrei. Sie hatte die Theke erreicht. Noch immer war es im Café relativ ruhig. Das schlechte Wetter schien die Kunden abzuschrecken. Gedankenverloren leerte sie den Behälter mit den Kaffeerückständen aus dem Vollautomaten. Dabei fielen einige Kaffeekrümel in das Spülbecken. Erst als sie den Wasserhahn aufdrehte, um diese Krümel zu beseitigen, fiel ihr auf, dass diese sich von selbst bewegten. Sie hatten kleine Beine und liefen den Spülbeckenrand hinaus. Erschreckt wich Sophia zurück.

Sophia

Da Sophia sich nicht vorstellen konnte, nach der Trennung von Walter weiterhin im gleichen Haus zu wohnen, war es für sie nicht relevant zu wissen, ob Walter auch an Auszug dachte oder nicht. Sie würde sich auf jeden Fall etwas Neues suchen. Noch am gleichen Abend hatte Sophia bei dem Hausverwalter angerufen, den Susanne ihr genannt hatte. Sie war merkwürdig nervös vor diesem Telefonat. Dann aber ging alles ganz schnell. Schon am nächsten Abend konnte sie sich die Wohnung anschauen und feststellen, dass diese ihr sehr gut gefiel. Sie war klein und überschaubar, aber praktisch geschnitten.

Clarissa, eine Studentin Anfang 20, hatte bisher in der Wohnung gewohnt. Sie hatte kurze, rot gefärbte Haare und trug einen kurzen schwarzen Rock mit schwarzem Pullover. Darüber unendlich viele Silberketten, die bei jeder Bewegung klimperten.

»Warum ziehen Sie denn aus?«

»War mir zu teuer auf Dauer. Ich ziehe zu meinem Freund. Also eigentlich bin ich schon ausgezogen, ich muss nur noch ein paar Sachen loswerden, denn alle meine Möbel passen da nicht rein.«

Sophia schaute auf die weiße Couch und den weißen Kleiderschrank.

»Was machen Sie denn jetzt mit den Möbeln?«

»Ich denke, ich würde versuchen, die bei eBay loszuwerden. Wenn Sie schnell einziehen wollen, kann ich die aber unterstellen. Also, bis morgen kann ich hier ganz weg sein. Wir haben ja schon den 2. Dezember, ich würde gerne die Miete für diesen Monat noch sparen, wissen Sie.«

»Sehr gerne. Ich könnte sofort einziehen und den Schrank und das Sofa würde ich Ihnen gerne abkaufen. Dann können sie das einfach stehen lassen.«

»Was, echt jetzt? Das wäre ja genial!«

Clarissa hatte nur ein halbes Jahr in der Wohnung gewohnt. Die Wände und Fußböden waren noch wie neu und Sophia war froh, dass sie so schnell einziehen konnte. Die Wohnung war in Fußnähe zum Café und sie konnte direkt mit der Straßenbahn in das Altenheim ihrer Mutter fahren. Also für sie in jeder Hinsicht ideal.

Das Einzige, was Sophia noch zögern ließ, war die räumliche Nähe zu Susanne. Die Wohnung war im vierten Stock, Susanne wohnte direkt unter ihr. War das nicht fast so etwas wie eine Hausgemeinschaft? Andererseits, worin bestand das Problem? Sie mochte Susanne und die beiden hatten sich schließlich immer gut verstanden. So verkehrt war es ja nicht, jemanden im Haus zu kennen, der auch mal nach der Post schauen konnte.

Walter und Jessica

Walter hatte Jessica ein paar Tage gemieden. Jetzt stand sie vor ihm. Sie füllte den Raum mit all ihrer Schönheit, ihrer Ausstrahlung und Selbstsicherheit. Walter war nie ein Frauenheld gewesen. Was sah diese Frau in ihm?
»Walter, ich wollte mich bei dir entschuldigen. Ich … Es tut mir leid. Ich weiß, es war blöd von mir, dir zu sagen, ich hätte mit Sophia gesprochen. Ich wollte nur … ich weiß auch nicht, ich war so verzweifelt, weil es so lange gedauert hat, bis du ihr die Wahrheit sagst. Wenn du mich wirklich liebst, dann musst du einfach auch mal Klarheit schaffen.«
»Jessica, bitte nicht hier im Büro. Du weißt …«
»Sehen wir uns dann heute Abend? Bitte, ich muss wissen, wie es gelaufen ist.«
»Ja, in Ordnung. Lass uns essen gehen. Ich rufe dich später an.«

Mit diesen Worten bugsierte Walter Jessica aus seinem Büro. Er berührte ihren Arm. Am liebsten hätte er sie festgehalten, sie gegen die Wand gedrückt und seinen Körper gegen ihren gepresst. Der Gedanke erschreckte ihn. Sie mussten vorsichtig sein. Noch war Walter ein verheirateter Mann und alle in der Firma wussten das, einige hatten Sophia sogar mal kennengelernt.

Jessica arbeitete in der Nachbarabteilung für den Bereich der Forschung und Entwicklung. Sie war die stellvertretende Laborleiterin. Das war für ihr Alter eine ungewöhnlich gute Position. Normalerweise fing man in der Firma als Assistentin an, aber bei Jessica waren die Zeugnisse so überzeugend, dass man sie gleich eine Stufe höher auf der Karriereleiter einstellte. Hin und wieder gab es Abstimmungen zwischen beiden Abteilungen, denn Walter als Einkaufsleiter musste ja wissen, welchen Bedarf das Labor an Zulieferprodukten hatte. Auf diese Art und Weise hatten sie sich überhaupt kennengelernt. Jessica kümmerte sich auch um die Bestellung der Produkte. Walter wollte aber vermeiden, dass die Kollegen Verdacht schöpften, wenn Jessica zu häufig bei ihm war. Irgendwann natürlich würden sie ihre Beziehung nicht mehr geheim halten können. Was würden die Kollegen wohl denken? Würden sie ihnen Glück wünschen?

Wenig später saß er ihr bei einem Glas Wein und italienischen Vorspeisen gegenüber. Eigentlich mochte er es nicht, mit Jessica in ein Restaurant zu gehen. Er hatte immer Angst, die Kollegen würden ihn zufällig sehen. So groß war die Stadt nun auch wieder nicht. Und noch war seine Beziehung zu Jessica ja nicht offiziell. Sie aber schien es zu genießen, sich mit ihm zu zeigen. Sie war so glücklich an diesem Abend, sie schaute ihn mit diesen großen Augen voller Bewunderung hat, nahm jedes seiner Worte wie ein Schwamm auf und schien sich so für ihn zu interessieren, dass er über sich hinauswuchs und auf einmal jemand war, der er immer sein wollte.

»Jessica, mein Schatz, ich liebe dich jetzt schon so lange und weiß so wenig von dir! Warum erzählst du mir nichts von deiner Familie?«
»Ich habe dir doch schon gesagt, dass es da wenig zu sagen gibt. Die Wirtschaftskrise in Russland hat meinen Eltern die Existenz gekostet. Mein Vater war Unternehmer, wir waren reich, wichtige Politiker gingen bei uns ein und aus. Ich war das einzige Kind meiner Eltern und wurde sehr verwöhnt. Wie eine Prinzessin. Und plötzlich war alles vorbei, meine Eltern haben das nicht verkraftet. Sie sind bei einem Autounfall gestorben. Ich glaube, es war Selbstmord, aber so ganz sicher wird man das nie wissen. Ich war 16, als ich zu meiner Tante nach Deutschland kam.«
»Gibt es denn niemanden mehr aus deiner Familie in Russland? Tanten, Onkel, Cousins oder Cousinen?«
»Es gibt da niemanden, mit dem ich Kontakt habe. Seit ich in Deutsch-

land bin, will ich nicht mehr so richtig zurückschauen. Ich war glücklich bei meiner Tante. Sie war sehr liebevoll. Sie ist vor einem halben Jahr gestorben, die letzten zwei Jahre habe ich sie gepflegt. Das war auch eine schwere Zeit, aber ich fühlte mich ihr gegenüber verantwortlich.«

Walter sah, wie sehr Jessica noch immer unter dieser Vorstellung litt, und sah sie mitfühlend an.

»Am Ende wurde sie erlöst, und ich war auf einmal ganz alleine auf der Welt und musste sehen, was ich mit meinem Leben anfange. Auch deswegen bin ich froh, dass ich dich getroffen habe, Walter! Endlich habe ich eine neue Familie.«

Sophia und Hans-Peter

Sophia schloss die Haustür hinter sich zu, lehnte sich mit dem Rücken an und atmete tief durch. Das war's. Alleine! Die Augen schweiften durch den Flur, der den Blick freigab auf eine kleine Küche und ein Wohnzimmer mit einem winzigen Balkon. Das Schlafzimmer daneben war von der Haustür aus nicht einsehbar. Das war jetzt ihr Reich. 55 qm in Freiheit. Es gab noch viel zu tun. Sie musste einkaufen, die Gardinen fehlten noch, die Waschmaschine, ebenso wie ein Wäscheständer. Vielleicht einen Gartenstuhl für den Balkon? Wo war der nächste Supermarkt? Wo ein Elektrogeschäft? Sie kannte das Viertel noch gar nicht. Dennoch ließ sie sich erst mal auf das Sofa fallen. Ein wunderbarer Ort der Stille. Eine innere Ruhe machte sich breit und die Gewissheit: Sie würde hierbleiben und sich wieder frei fühlen können. Sie würde hier glücklich sein.

»Hallo Hans-Peter. Sophia hier.«

»Sophia, was für eine Überraschung! Wie geht es dir?«

»Gut. Ich wollte dir sagen, ich bin umgezogen. Ich habe jetzt eine neue Adresse und Telefonnummer.«

»Was, ihr seid umgezogen? War euch das Haus nicht mehr groß genug?«

Die Frage klang ironisch. Hans-Peter war nur ein einziges Mal in ihrem Haus gewesen und fand es damals für ein kinderloses Paar mehr als großzügig.

»Nein, nicht wir. Ich bin umgezogen. Walter und ich haben uns getrennt.«

Jetzt war es gesagt. Kurze Stille am anderen Ende der Leitung.

»Was? Das ist ja furchtbar! So plötzlich? Ich habe ja nicht geahnt, dass ihr Probleme hattet. Aber Probleme gibt es in jeder langjährigen Ehe mal, oder? Das wird sich doch sicher wieder einrenken, oder?«

»Ich weiß es nicht. Vielleicht. Ich glaube nicht.«

»Sophia, es tut mir so leid. Was ist denn passiert? Sag nicht, dass Walter dich betrügt.«

»Doch, genau so ist es.«

»Und dann ziehst du aus? Du überlässt ihm das Haus? Ihr habt eine Zugewinngemeinschaft, auch wenn Walter mehr verdient als du, das Haus gehört euch beiden. Zumindest muss er dich auszahlen. Die Hälfte des Hauses gehört dir!«

»Ich weiß, Hans, aber darum geht es jetzt doch erst mal gar nicht. Wir sind ja noch nicht geschieden.«

»Hast du einen Anwalt? Ich würde mir an deiner Stelle auf jeden Fall schon mal einen Anwalt nehmen. Wenn du diejenige bist, die auszieht, ist das für dich auf jeden Fall die schlechtere Ausgangsposition. Es ist, als würdest du die Schuld am Scheitern der Ehe tragen. Lass dich beraten, Sophia, bitte!«

Genau so kannte sie ihren Bruder. Nicht, dass er nicht recht hatte mit dem, was er sagte. Aber konnte er denn nicht verstehen, dass man manchmal auch anders handeln musste? Sie hatte ihren eigenen Job, sie brauchte nicht mehr als 55 qm und die konnte sie sich immer leisten.

»Das ist sicher alles schwierig für dich. Louise und ich wollten euch schon lange mal wieder besuchen. Aber du weißt ja, wie das ist. Louise muss in der Praxis noch einen Kollegen vertreten, und ich … na ja, bei mir ist eben auch immer viel los. Wir werden eine Kurklinik schließen und neue Geschäftsfelder suchen müssen. Und dann noch die Kinder. Lena war kürzlich wegen Blinddarm im Krankenhaus. Ich weiß, ich hätte auch Mutter längst mal wieder besuchen müssen. Wie geht es ihr eigentlich?«

»Mach dir keine Gedanken. Sie bekommt nicht mehr allzu viel mit. Sie ist im letzten Stadium, wie die Ärzte das nennen.«

»Das klingt gar nicht gut. Ich wollte dir das nicht alles alleine überlassen. Vor allem jetzt, wo du selbst Probleme hast. Ich werde kommen und Mutter besuchen. Und dich natürlich, Sophia. Ich werde mir deine neue Wohnung anschauen und wir können in aller Ruhe reden.«

Reden mit dem Bruder, das klang fast wie ein Witz. Hatten sie jemals, selbst als Kinder, miteinander wirklich geredet? Sophia hätte fast gelacht.

»Hans-Peter, noch eine Frage: Hat Mutter dich früher eigentlich Hansi genannt?«

»Wie kommst du darauf?«

»Ach, nur so. Mutter spricht manchmal von dir. Also von Hansi. Ich war mir nicht sicher, ob wir dich früher so genannt haben.«

»Also ich, ehrlich gesagt, ich weiß es auch nicht.«

Sophia und Jessica

Walter schlug die Augen auf. Für den Bruchteil einer Sekunde war er überrascht, neben sich eine andere Frau zu sehen. Dann kehrte das samtige Gefühl zurück. Eine neue Liebe, ein neues Leben hatte begonnen. Jessica war, ohne dass sie jemals darüber gesprochen hatten, jetzt fast bei ihm eingezogen. Zunächst war sie einfach immer häufiger bei ihm gewesen. Jetzt schien sie kaum noch Zeit in ihrer winzigen Einzimmerwohnung in der Stadt zu verbringen.

»Guten Morgen, mein Schatz«, sagte die verschlafene Schönheit neben ihm.

»Ich bleibe noch ein bisschen liegen, warte mit dem Frühstück nicht auf mich«, damit drehte sie sich auf die andere Seite. Jessica hatte es sich zur Regel gemacht, wenn sie bei ihm übernachtete, nach ihm zur Arbeit zu kommen. Noch trauten sie sich nicht, gemeinsam im Büro aufzutauchen. Walter selbst war froh, den Morgen alleine in der Küche verbringen zu können. Ausgiebige Gespräche beim Frühstück waren ohnehin nie seine Sache gewesen. Schnell einen Kaffee und auf geht's zur Arbeit!

Jessica verließ das Bett erst, als sie die Tür ins Schloss fallen hörte. Sie zog sich schnell an, ging in die Küche, um sich einen Kaffee zu holen, und setzte sich dann sofort in Walters Arbeitszimmer. Sie musste vor 10 Uhr im Büro sein, sonst wäre die Ausrede mit dem Zahnarztbesuch nicht mehr glaubwürdig, also blieb ihr nicht allzu viel Zeit.

Jessica starrte so konzentriert auf den Bildschirm vor ihr, dass sie nicht hörte, wie die Haustür aufgeschlossen wurde und eine Frau, die sich wunderte, dass nicht abgeschlossen war, zögernd in den Flur kam.

»Was machen Sie am Computer meines Mannes?«
Sophia starrte die unbekannte Frau an, die in Walters Arbeitszimmer saß. Sie selbst hatte den Raum praktisch nie betreten. Es war allein Walters Reich gewesen. Umso eher kam es ihr komisch vor, jemanden dort vorzufinden. Vor allem jemand, der den Eindruck erweckte, als würde er hier in diesen Raum gehören.
»Und was machen Sie in diesem Haus?«, konterte Jessica. »Warum haben Sie nicht geklingelt? Ich habe mich ganz furchtbar erschreckt!«
»Noch ist es auch mein Haus. Ich habe einen Schlüssel. Ich konnte wirklich nicht ahnen, dass überhaupt jemand hier sein würde.« Warum musste sie sich überhaupt rechtfertigen? Warum gegenüber dieser Frau?
»Ist schon in Ordnung. Wir sollten uns nicht streiten. Die Situation ist ja schon schwierig genug, nicht wahr? Mein Name ist Jessica Moro, Sie sind sicher Walters Ehefrau?« Mit einer Handbewegung hatte Jessica den Bild-

schirm ausgeschaltet. Sophia ergriff die ausgestreckte Hand der jungen Frau nicht, sondern starrte sie nur weiterhin an. Wegen dieser Frau hatte Walter sie verlassen? Warum nur? Komischerweise fühlte sie weder Wut noch Eifersucht. Nur Unverständnis. Sie konnte die Hand dieser Frau nicht ergreifen, aber das lag nicht an der Frau. Sie fand die Vorstellung einfach unangenehm.

»Ich weiß, wer Sie sind«, sagte Sophia in trockenem Tonfall. »Wir haben uns ja auch schon mal kurz im Café gesehen. Trotzdem: Ich frage mich, was Sie in Walters Arbeitszimmer machen.«

Sophia hatte ein merkwürdiges Gefühl. Es war fast 10 Uhr am Vormittag. Warum war diese Frau nicht im Büro, sondern zu Hause? Und dann auch noch im Arbeitszimmer von Walter.

»Na ja, Sie wissen doch. Ihr Mann und ich – wir arbeiten zusammen …«, sagte Jessica ausweichend, so als wäre das eine Erklärung.

Sophia erkannte, dass sie nicht weiterkommen würde.

»Na, das geht mich ja auch nicht wirklich was an. Ich hole nur ein paar Sachen ab und bin gleich wieder verschwunden.«

Sophia drehte sich um und griff in das CD-Regal.

»Wenn ich Ihnen einen Kaffee anbieten kann …?«

»Nein, wirklich nicht. Vielen Dank.«

Anne Wenninger

Anne Wenninger war heute besonders unruhig. Die Augen waren glasig und schienen nichts zu sehen. Aber der Körper war in Bewegung, so als wolle er sich gegen irgendetwas wehren. Die Hände ballten sich zu Fäusten und lösten sich wieder auf in einem eigenen unerklärlichen Rhythmus.

Sophia hätte ihr gern von der jungen Frau erzählt, wegen der Walter sie verlassen hatte. Würde ihre Mutter das überhaupt verstehen? Ihr Vater war, soweit sie wusste, ihrer Mutter immer treu gewesen. Ehebruch, Scheidung, Vertrauensverlust waren Begriffe, die in Anne Wenningers Leben nicht vorgekommen waren. Und falls doch, so hatte Anne Wenninger das immer vor der Familie geheim gehalten. Im Nachhinein kam es Sophia fast unwirklich vor, dass im Hause Wenninger immer so eine Harmonie geherrscht hatte.

Sophia hätte der Mutter auch gerne erzählt, wie anders ihr Leben jetzt geworden war. Seit sie in ihrer eigenen Wohnung lebte, konnte sie ihr Leben gestalten, wie sie es selbst wollte. Seitdem war ihr Leben viel klarer geworden, viel reiner. Es fing an mit den Farben. Sie hatte nur noch weiße Möbel, keine Bilder an den Wänden, keine Pflanzen. Sie konnte von ihrem Sofa im Wohnzimmer aus nach draußen schauen und den Himmel sehen. Sie spürte, dass das neue Leben besser für sie war. Aber würde ihre Mutter das verstehen?

Mit einem leichten Klopfen öffnete die Schwester die Tür.
»Frau Holzbauer, das ist aber schön, dass Sie Ihre Mutter wieder besuchen. Ich bringe Ihrer Mutter ein Stückchen Kuchen für den Nachmittag. Möchten Sie auch etwas?«
Sophia schaute auf den Teller mit einem kleinen Stückchen Marmorkuchen.
Braun und Gelb.
»Nein, danke.«
»In Ordnung, dann einen schönen Tag noch. Lassen Sie es sich schmecken, Frau Wenninger!«
Die Schwester legte kurz die Hand auf die Stirn von Anne Wenninger, diese drehte sich jedoch weg, wie um der Berührung zu entgehen.
»Iss das nicht, Mutter!«, sagte Sophia beschwörend, sobald die Schwester zur Tür raus war.
»Iss das nicht. Das ist nicht gut für dich. Es ist nicht rein. Bitte, Mutter, lass das liegen.«

Walter und Jessica

Walter hatte immer diese Angewohnheit »Hallo, ich bin's« zu rufen, wenn er zur Wohnungstür hereinkam, und seine Aktentasche in eine Ecke zwischen Treppe und Flur zu werfen. Dann ging er die Treppe hoch ins Schlafzimmer und wechselte die Anzugshose gegen eine bequeme Jeans ein. Auch heute folgte er dieser Gewohnheit, obwohl es ihm merkwürdig vorkam. Jessica wartete jetzt auf ihn und nicht mehr Sophia. Sollte man da nicht die Gewohnheiten wechseln? Wieso war Jessica überhaupt schon da? War sie heute nicht später zur Arbeit gegangen?

»Hallo, mein Held«, rief Jessica froh gelaunt aus der Wohnküche. »Das Essen ist gleich fertig!«

Sie hatte einen großen Salat mit Thunfisch und Krabben vorbereitet, dazu frisches Baguette. Die beiden öffneten eine Flasche Weißwein dazu und begannen zu essen. Walters Blick blieb am antiken Küchenschrank hängen. Es fehlte etwas. Ja, natürlich! Sophias CDs waren nicht mehr da. Eine große Lücke klaffte in dem Regal. Vor allem hatte sie hier klassische Musik von Bach, die sie immer dann hörte, wenn es ihr schlecht ging. In solchen Momenten konnte man sie gar nicht ansprechen. Sie war dann wie in ihrer eigenen Welt. Der Gedanke hatte für Walter etwas Melancholisches. Würde Sophia jetzt ihre CDs alleine irgendwo hören? War sie unglücklich?

»Sag mal, Jessica, war Sophia heute hier?«
»Ja, heute Morgen. Warum? Wie kommst du darauf?«
»Weil ihre CDs fehlen.«
»Ja, sie war hier und hat sie geholt.«
»Und du warst noch hier?«
»Ja, ich wollte gerade gehen, da kam sie in die Wohnung. Ich hatte mich erst erschreckt, aber dann habe ich sie natürlich gleich erkannt.«
»Und wie hat sie reagiert, als sie dich hier sah?«, fragte Walter zögerlich.
»Sie war, glaube ich, gar nicht überrascht, mich zu sehen. Sie war ganz

normal. Wirklich! Wir haben uns sogar unterhalten. Ich habe ihr einen Kaffee angeboten. Ich denke, sie kommt gut mit der Trennung zurecht.«

»Du hast mit ihr Kaffee getrunken?«

»Ja, warum nicht? Dass das mit uns so passiert ist, ist doch weder deine noch meine Schuld. Für sie ist es doch besser jetzt als in 10 Jahren. So hat sie auch noch die Chance auf eine neue Liebe und ein neues Leben.«

Walter spürte einen kleinen Stich in der Magengrube. War es so einfach? Würde Sophia gar nicht um ihre Ehe trauern? Immerhin waren sie 20 Jahre verheiratet, das ist doch eine verdammt lange Zeit! Aber was sollte er sagen, er war ja derjenige, der sich getrennt hatte.

»Hey, was ist los? Du schaust so gedankenverloren! Erzähl mir doch mal von deinem Arbeitstag. Was ist heute Aufregendes passiert?« Jessica schenkte sich ein zweites Glas Weißwein nach.

Sophia und Ina

Die Frau an der Bushaltestelle hätte Sophia lieber übersehen, aber die beiden Frauen waren sich zu nah, um die Begegnung zu leugnen.

»Sophia, schön, dich zu sehen! Was machst du denn hier in diesem Viertel?«

»Ich habe meine Mutter besucht. Du weißt doch, sie ist hier im Pflegeheim.«

»Ja, natürlich! Wie schön, dass du sie besucht hast, sicher hat sie sich gefreut, dich zu sehen.«

Ina blickte nervös auf ihre Hände. Erst jetzt bemerkte Sophia, dass die Freundin jede Menge Tüten mit Lebensmitteln bei sich trug.

»Oh, ich sehe, du warst einkaufen.«

»Ja, wir veranstalten doch heute Abend dieses Fest.«

Sophia sah Ina überrascht an.

»Ja, weißt du, Hubert hat doch die neuen Praxisräume und da haben wir ... hat Walter dir nicht ...?«
»Walter?«
»Oh, Sophia, es tut mir so leid. Es ist mir wirklich unangenehm. Aber Walter und Jessica kommen. Was hätten wir tun sollen? Ich hätte dich so gerne eingeladen. Aber wir konnten ja schlecht euch beide ...«

Sophia hatte verstanden. Im Trennungsfall Holzbauer gegen Holzbauer hatten die beiden also eindeutig Position bezogen. Vielleicht auch nur logisch. Hubert und Walter kannten sich bereits seit Kindertagen. Die beiden Frauen waren später dazugekommen. Und doch hatte sie immer gedacht, sie wären auch Freundinnen. Aber es hatte sie immer nur als Viererkonstellation gegeben. Kein Kaffeeklatsch unter Frauen, kein Kegelabend unter Männern, immer nur Walter-Sophia mit Hubert-Ina. Insofern logisch, zu dritt stimmte die Symmetrie nicht mehr. Sie war überrascht, Tränen in den Augen der Freundin erkennen zu können. Zudem war Ina wirklich nervös. Diese Unsicherheit bei der anderen Frau bewirkte bei Sophia eine tiefe innere Ruhe. Sie hatte sich nichts vorzuwerfen, außer der Tatsache, dass ihre Ehe gescheitert war.

»Ich finde es wirklich schlimm! Eure Trennung, das hat mich schockiert. Ich würde mir so sehr wünschen, dass ihr euch wieder versöhnt. Wir kennen uns jetzt schon so lange. Sophia, ich würde dir so gerne helfen.«
»Mir helfen? Warum?«
Sophia wollte die Freundin nicht so einfach davonkommen lassen.
»Ich weiß doch, dass es für dich nicht einfach ist. Wir sollten uns mal ausführlicher unterhalten. Lass uns doch mal abends zusammen etwas trinken gehen. Nur wir beiden Frauen, o.k.?«
»Natürlich, das machen wir.«

Gut wäre, wenn jetzt der Bus kommen würde, aber leider ist er noch nicht in Sicht. Irgendwie wurde die Situation peinlich. Das Schweigen wurde peinlich. Was sollten sie sagen? Würden sie am Ende noch gemeinsam im Bus nebeneinandersitzen?

»Ach, da fällt mir ein. Ich habe ja noch Baguette vergessen. Ich muss noch mal schnell los zum Bäcker. Lass uns auf jeden Fall telefonieren. Wir sollten uns bald treffen. Vielleicht nächste Woche? Ich habe neulich einen neuen Italiener ausprobiert, da gehen wir hin, o.k.?«

Sophia war erleichtert, dass Ina sich verabschiedete. Ihr wurde jetzt klar, wie viel sich verändert hatte.

Teil 4
Walter und Jessica

Walter mochte diese Feiern eigentlich nicht. Aber da sein langjähriger Kollege Franz, der seit über 20 Jahren im Unternehmen war, Abschied feierte, musste er natürlich hingehen. Sogar der Geschäftsführer war gekommen, um das lange Arbeitsleben von Franz im Unternehmen mit gebührenden Worten zu würdigen. Walter fragte sich, was dieser wohl über ihn sagen würde, wenn er in Ruhestand ginge. Noch war es ja etwas früh, daran zu denken. Mit seinem Weinglas trat er auf die Terrasse. Dort sah er Jessica mit ihrem Chef Reinhold Strasser in ein intensives Gespräch verwickelt. Waren die beiden sich nicht ein paar Zentimeter zu nah? War das Gespräch nicht etwas zu vertraut? Das »Ah Walter, grüß dich!«, mit dem Reinhold einen Schritt zurücktrat, machte es nicht besser. Es wirkte wie ertappt.

Wahrscheinlich sehe ich schon Gespenster, sagte Walter sich. Dieses leise Gefühl der Eifersucht war neu für ihn. Vorher hatte er sich immer sicher gefühlt. Aber was genau wusste er eigentlich von dieser Frau, Jessica Moro, der er sein Leben anvertraut hatte. Er kannte niemanden aus ihrer Familie oder ihrem Freundeskreis. Ihre Großeltern waren in Russland, die Eltern bereits früh verstorben. Jessica sprach nicht gerne von ihrer Familie. Er wusste nur von einer Freundin Hannelore, mit der sich Jessica hin und wieder abends traf. Bisher gab es keine Gelegenheit, sie kennenzulernen. Walter dagegen hatte Jessica immerhin schon Ina und Hubert vorgestellt. Der Abend war ein voller Erfolg gewesen! Jessica mochte die beiden sofort, war charmant und humorvoll, wie er sie liebte. Auch die beiden waren ganz unbefangen gewesen und schienen sich mit Jessica bestens zu amüsieren.

Walter dachte an den Tag, an dem er Jessica zum ersten Mal gesehen hatte. Er fand sie sofort attraktiv, aber er hätte niemals versucht, sich an sie heranzumachen. Natürlich nicht, er war ja glücklich verheiratet. Aber auch wenn er allein gewesen wäre, er hätte sich niemals getraut, eine so selbstbewusste und attraktive Frau auch nur anzusprechen. Ihre ersten Kontakte waren rein professionell. Als neue Kollegin wurde Jessica überall eingeführt und stellte interessierte Fragen. Dabei schaute sie Walter immer direkt und auffordernd an.

»Ich würde gern mehr über Ihre Arbeit erfahren. Preisverhandlungen sind sicher nicht einfach. Man braucht dafür Fingerspitzengefühl nicht wahr? Charme und gutes Aussehen alleine werden ja wohl nicht reichen?«

Ein paar Tage später waren sie beide bei einem Betriebsfest. Jessica stand plötzlich vor ihm.

»Finden Sie es auch so langweilig wie ich? Wollen wir uns verdrücken und noch ein Glas Wein trinken? Ich habe noch so viele Fragen.«

Walter wusste, was Jessica von ihm wollte. Sie schaute ihn mit so unverhohlener Bewunderung an. Sie hatte diesen Sex-Appeal, dem er hilflos ausgeliefert war. Noch am gleichen Abend waren sie im Bett gelandet.

»Ich frage dich jetzt nicht, ob du noch auf einen Kaffee zu mir hochkommst«, hatte sie lachend gesagt, als er sie nach Hause brachte und vor ihrer Haustür stehen blieb. »Ich sage einfach: Gehe noch nicht nach Hause, denn ich habe noch nicht genug von dir.«

Sophia und Susanne

Susanne hatte festgestellt, dass das Babyphone auch in Sophias Wohnung noch funktionierte, sodass sie beruhigt zu der Freundin kommen konnte, auch wenn ihr Sohn Tim bereits im Bett war. Denn aus irgendeinem Grund wollte Sophia nicht so gern in ihre Wohnung kommen.

»Schau, was ich dir mitgebracht habe!« Susanne kramte in ihrem Rucksack und brachte eine bunte Decke zum Vorschein, die nach Inka-Mustern aussah.

»Du brauchst etwas Farbe in deiner Wohnung, Sophia! Schau, wie gut sich die Decke auf deinem Sofa macht!«

Sie legte die Decke über die Rückenlehne des Sofas und begutachtete ihr Werk. Sophia spürte einen plötzlich aufkommenden Brechreiz, aber es gelang ihr, diesen zu unterdrücken.

»Eine schöne Decke. Wo hast du die her?«, sagte Sophia mit leicht belegter Stimme. Sie ging mit großer Konzentration und wie in Zeitlupe auf die Decke zu, faltete sie wieder zusammen und legte sie auf den Stuhl am Esstisch.

»Ach, weißt du, ich habe die mal bei einem Dritte-Welt Flohmarkt gekauft. Muss schon ein paar Jahre her sein. Bei mir in die Wohnung passt sie jedenfalls nicht mehr rein. Ich habe einfach zu viel Krimskrams. Du wirst sicher einen guten Platz für sie finden.«

Die beiden Frauen hatten es sich mit einem Glas Wein und Popcorn auf dem Sofa bequem gemacht.

»Eigentlich hätte ich dir auch noch Pralinen mitbringen sollen. Du hast wirklich total abgenommen, Sophia! Erst war das ja noch ganz chic, aber jetzt bist du wirklich zu dünn. Du hast eine echte Trennungsdepression, du musst mehr unternehmen, um da rauszukommen.«

»Eine Trennungsdepression? Ist das dein Ernst? Ich bin noch nicht mal traurig, geschweige denn depressiv. Und soll ich dir was sagen? Ich vermisse Walter noch nicht mal. Es fällt mir nur auf, dass er nicht mehr da ist, aber ich vermisse ihn nicht.«

Susanne lachte. »Das ist zumindest mal eine gute Grundvoraussetzung! Wir beide sind noch nicht alt, wir sollten uns neue Männer suchen, was meinst du? Wir sollten zum Speed-Dating gehen!«

»Speed Dating?«, fragte Sophia ungläubig. »Hat das was mit Drogen zu tun?«

Wieder lachte Susanne. »Nein, das ist nur eine Möglichkeit, in kurzer Zeit viele Männer zu treffen. Für jeden hat man sieben Minuten Zeit, um herauszufinden, ob er zu einem passt.«

»Sieben Minuten? Was würdest du einen Mann fragen in sieben Minuten?«, fragte Sophia versonnen.

»Na ja, zuerst mal, ob er Kinder mag, ob er sich vorstellen kann, das Kind eines anderen aufzuziehen. Ich denke, das wird den Kreis der Interessenten schon mal ziemlich reduzieren. Aber wenn er sich davon nicht abschrecken lässt, wäre die nächste Frage natürlich, ob er kochen kann.«

Susanne war bekannt dafür, dass sie dem Kochen nichts abgewinnen konnte.

»Was würdest du ihn fragen?«

»Ich glaube, ich würde ihn gar nichts fragen, um zu sehen, ob ihn das verunsichert.«

»Wir sind schon zwei besonders schwere Fälle!«, lachte Susanne und griff erneut nach ihrem Weinglas.

Beerdigung von Anne Wenninger

Anne Wenninger starb am 10. Dezember um 11:20 Uhr. Am Abend des Vortages war Sophia noch bei ihr gewesen. Nichts schien ihr verändert zu sein im Vergleich zu den letzten Tagen. Erst in der Nacht hatte sich ihr Zustand verschlechtert. Die Atmung wurde unregelmäßig, der Körper immer unruhiger. Dann war es irgendwann vorbei. Anne Wenninger war eingeschlafen.

Sophia war bei der Arbeit, als die Schwester sie anrief. Die Krankenschwester arbeitete seit vielen Jahren in dem Pflegeheim. Sie war es gewohnt, dass die Angehörigen die Todesnachricht ihrer Eltern und Großeltern mit Fassung entgegennahmen. In der Regel sahen sie es als Erlösung. Gerade Frau Wenninger war ja seit Jahren kaum noch bei Bewusstsein gewesen und hatte niemanden in ihrer Umgebung mehr erkannt. In diesem Fall jedoch war es ganz anders. Die Tochter von Frau Wenninger schien am Telefon geradezu zusammenzubrechen. Die Mutter nicht mehr besuchen zu können war für Sophia ein großer Verlust, auch wenn sie selbst nicht hätte sagen können, worin genau der Verlust lag. Sie hatte Mühe, am Telefon mit der Schwester überhaupt sprechen zu können.

Sophia hätte nie gedacht, dass sie mal so froh sein würde, ihren Bruder zu sehen. Hans-Peter war gleich am nächsten Tag mit dem Zug aus Hamburg gekommen und sie hatte ihn am Bahnhof abgeholt.

»Schön, dass du da bist, Bruderherz!«

Hans-Peter starrte sie an. »Oh, mein Gott, Sophia! Was ist los mit dir? Bist du krank?«

»Nein, warum? Nur etwas müde vielleicht.« Sophia war verunsichert.

Hans-Peter sah sie mit diesem merkwürdig besorgten Blick an, den sie gar nicht an ihm kannte. »Können wir erst mal zu dir nach Hause gehen? Damit wir alles klären können? Ich habe ja nicht viel Gepäck und kann dann später ins Hotel fahren.«

Glücklicherweise hatte Hans-Peter gar nicht danach gefragt, ob er bei Sophia übernachten könnte, sondern sich gleich ein Hotelzimmer genommen. Ihre neue Wohnung war ja auch viel zu klein.

Hans-Peter schaute sich ungläubig in der Wohnung um.

»Wann, sagtest du, bist du hier eingezogen?«

»Vor ein paar Wochen, warum?«

»Es wirkt alles noch so … unfertig. Ich hoffe, du hast deine Sachen aus der gemeinsamen Wohnung mitgenommen. Ich meine Bilder, Möbel usw.«

»Bitte, Hans-Peter, darum sind wir doch jetzt nicht hier. Es geht um Mutters Beerdigung, nicht um mich. Ich brauche die Möbel aus der alten Wohnung nicht.«

»Dennoch, Sophia, früher hattet ihr eine schöne, gemütliche Wohnung. Hier aber ist alles so steril. Wie kannst du hier nur leben?«

Hans-Peter wurde sich plötzlich darüber bewusst, wie lange er seine Schwester nicht gesehen hatte. Wie wenig er diese Sophia Holzbauer kannte. Sie war so unglaublich dünn geworden und wirkte auf ihn so fragil. So als könnte sie jeden Moment zusammenbrechen. Er wusste auch nichts über die Beziehung, die zwischen seiner Schwester und ihrer Mutter bestanden hatte. Was macht es für einen Sinn, jemanden zu besuchen, der einen gar nicht erkennt? Und dennoch spürte er eine innere Stimme, die ihm sagte, er hätte die Mutter mal besuchen sollen. Mindestens einmal in all den Jahren. Hatte Sophia nicht gesagt, dass sie sogar von ihm gesprochen hatte? Egal, jetzt war es erst mal wichtig, alles zu regeln. Bestatter, Sarg, Trauerkarten, Termin für die Beerdigung, Anzeige in der lokalen Zeitung, Kranz. Hans-Peter nahm dankbar alles in die Hand. Weder Sophia noch Anne hatten sich ja wohl rechtzeitig um irgendetwas gekümmert.

»Sophia, weißt du, ob unsere Mutter eine Sterbegeldversicherung hatte?«

»Nein, keine Ahnung. Ist dazu denn nichts in ihren Unterlagen?«

Sophia fühlte sich in den ganzen nächsten Tagen wie benebelt, war aber froh, dass jemand alles organisierte. Die Beerdigung selbst fand im engsten Kreise statt. Eine Krankenschwester war gekommen, einige wenige frühere Weggefährten, Nachbarn und Sophias Freundin und Nachbarin Susanne. Keiner von ihnen hatte in den letzten Jahren noch Kontakt mit Anne Wenninger gehabt. Walter war nicht gekommen.

»Es tut mir leid, aber ich habe einen dringenden Termin …«

Wie traurig war es, eine Beerdigung zu erleben, bei der die Verstorbene schon längst vorher für tot erklärt worden war. Sophia hatte die leise Ahnung, dass sie die einzige Person auf der Welt war, die ihre Mutter wirklich vermisste.

Walter und Jessica

Walter und Jessica waren wieder einmal in Jessicas Lieblingsrestaurant gelandet. Walter fand die Musik eigentlich zu laut und die Stühle zu unbequem, aber Jessica war ganz vernarrt in das asiatische Fingerfood, das man hier in kleinen Häppchen geliefert bekam. Jedes Mal, wenn der Ober mit einem neuen Tablett kam, schien sie ganz außer sich zu sein.

»Hey, das sieht ja super aus! Ist das scharf? Ist das jetzt Fisch oder Fleisch?«

Walter sah ihr gern beim Essen zu. Sie schien das Leben so zu genießen. Dafür nahm er sogar die Musik und die merkwürdigen Speisen in Kauf.

»Du hast gesagt, gestern musstest du länger arbeiten?«, fragte Walter und versuchte dabei ganz beiläufig zu klingen.

»Ja, ich musste noch eine Kalkulation fertig machen. Es hat bis in die Nacht hinein gedauert. Mein Gott, das war vielleicht ein Stress! Ich wäre liebend gerne mit dir, Ina und Hubert ins Kino gegangen, aber ich habe es einfach nicht rechtzeitig geschafft. Diese ganze Systematik ist einfach noch zu neu für mich. Ich musste den Bericht mehrmals umschreiben. Es war fast Mitternacht, als ich endlich nach Hause gefahren bin.«

Jessica nahm mit der Gabel einen neuen bunten Happen vom Tablett des Obers.

»Ich habe mich nur gewundert, denn ich bin mit den beiden noch mal ins Büro gefahren, da Hubert sein Auto dort stehen gelassen hat. Da war dein Auto nicht da.«

»Mein Auto war schon da, nur nicht an der Stelle, an der ich normalerweise parke. Als ich morgens kam, war da dieser dicke Mercedes nebendran, der so dämlich eingeparkt hat, dass er praktisch auf der Linie stand. Ich habe mich nicht so richtig getraut, nebendran einzuparken. Du weißt, mein Augenmaß ist nicht immer so gut, wenn es um das Einparken geht. Ich habe mich erst ganz schön geärgert, aber dann habe ich mir gedacht, was soll's, parke ich eben woanders, und bin eine Ebene tiefer gefahren. Der Weg zum Ausgang ist dann zwar länger, aber damit konnte ich gerade noch leben«, sagte Jessica nachlässig. Sie schaute von ihrem Teller auf und Walter direkt in die Augen.

»Hey, was ist los? Glaubst du mir etwa nicht? Weißt du, wenn ich den Film nicht gemocht hätte, dann hätte ich das doch einfach sagen können.« Der Ton machte deutlich, dass das Thema für Jessica abgeschlossen war, und sie wechselte auch sofort das Thema.

»Walter, da ist noch etwas, was ich dich fragen wollte. Und zwar geht es um den Kunden in Polen, der die Batterien herstellt …«

Walter hörte nur mit halbem Ohr zu. Seit Jessica im Betrieb war, hatte sie an keinem einzigen Tag auf einem anderen Parkplatz gestanden. Was er ihr außerdem nicht gesagt hatte, war, dass er ihr Auto am Mittag gesehen hatte, als er durch die Tiefgarage auf die andere Straßenseite zur Kantine gegangen war. Warum sollte sie das Auto umgeparkt haben? Der Verdacht ging ihm einfach nicht aus dem Kopf. Der Verdacht, dass Jessica ihn belog. Aber warum sollte sie in dieser Sache lügen? Was versuchte sie vor ihm zu verbergen?

Walter hasste sich selbst dafür, aber er konnte auch in den nächsten Tagen seinen Verdacht einfach nicht mehr vergessen. In der Nacht lag er wach und zermarterte sich das Gehirn. Was empfand Jessica tatsächlich für ihn? Warum hatte sie sich so gezielt an ihn herangemacht? War es wirklich Liebe oder Berechnung? Aber weswegen? Er war weder reich noch einflussreich. Vielleicht liebte sie ihn ja doch. Wo die Liebe hinfällt, sagt man doch so. Diese intensiven Gefühle, ihr glückliches Lachen, wenn sie zusammen waren, ihre Leidenschaft. Das alles konnte doch nicht nur gespielt sein.

Er musste Gewissheit haben. Fast ohne dass er sich darüber bewusst war, lief er nach Dienstschluss bis zum Detektivbüro der Stadt. Er war hier schon häufig mit dem Auto vorbeigefahren und hatte die auffällige Leuchtreklame gesehen.

»Wir helfen Ihnen diskret und zuverlässig« stand da in großen Lettern über der Tür. Er sagte sich, dass nie jemand davon erfahren würde. Dafür gab es ja nun mal Privatdetektive. Er wollte ja nur wissen, woran er mit Jessica wirklich war.

Sophia

Sophia schaute die bunte Decke an, die immer noch über dem Stuhl hing. Warum hatte Susanne ihr diese Decke mitgebracht? Da war doch irgendeine Absicht dahinter! Sie wollte damit irgendwie die Wohnung vergiften. Konnte sie denn nicht sehen, dass die Farben schmutzig waren? Wahrscheinlich waren gefährliche Tiere in der Decke, die Sophia heute Abend anfallen würden.

Vor allem in der roten Farbe waren die drin. Eine leichte Panik stieg in ihr auf. Was konnte sie tun? Würde es ausreichen, die Decke in die Mülltonne im Hof zu werfen, oder würden die Tiere wieder in die Wohnung finden? Vielleicht konnte sie die Decke verbrennen? Aber wie sollte sie das machen? In der Wohnung?

Sophia war jetzt klar, dass sie einen Fehler gemacht hatte, in Susannes Nähe zu ziehen. Susanne versuchte, ihre Kreise zu stören. Diese Decke war ein Trick gewesen, sie zu beeinflussen. Die Tiere in der Decke würden sie beobachten und Susanne alles berichten, was sie sahen. Sie würden eventuell sogar in sie eindringen. In ihren Körper. Sie wollte doch in erster Linie nur ihre Ruhe haben. War das zu viel verlangt? Fürs Erste verstaute sie die Decke in einer großen Plastiktüte und knotete sie fest zu. Sobald es dunkel wäre, würde sie die Decke in eine Mülltonne werfen. Aber nicht bei sich im Hof, sondern möglichst weit weg. Sie musste sicher sein, dass die Tiere nicht wiederkommen würden.

Sie schreckte auf. Das war die Klingel an ihrer Eingangstür. Das konnte nur Susanne sein. Niemand sonst würde in das Haus kommen und an ihrer Tür klingeln.
»Mach schon auf, ich weiß doch, dass du da bist.«
Wie konnte Susanne ausgerechnet jetzt in diesem Moment kommen? Sophia ließ sich in einer Ecke des Wohnzimmers an der Wand entlang nach unten gleiten, klammerte die Arme fest um die Beine und blieb dort sitzen, bis Susanne sich wieder entfernt hatte.

Hans-Peter und Louise Wenninger

»Du kannst dir das gar nicht vorstellen. Sie war völlig verändert. Auch ihre Stimme. Die war so anders, irgendwie monoton. Und erst die Wohnung.

Alles in Weiß, keinerlei persönliche Dinge. Sie ist außerdem ganz dünn geworden. Du bist doch Ärztin …«

»Ja, Hans, aber ich bin Frauenärztin, das, was du beschreibst, ist wohl eher etwas für einen Psychologen.« Hans-Peter und seine Frau Louise hatten das Abendessen schon beendet, saßen aber noch an ihrem großen runden Tisch in der Küche, so wie sie es oft taten, um sich gegenseitig die Ereignisse des Tages zu erzählen.

»Aber du hast mit so vielen Frauen zu tun. Du musst dich doch damit irgendwie auskennen!«

»Hans, deine Schwester hat gerade ihren Mann und ihre Mutter verloren, das scheint mir schon mal ein Grund zu sein, aus der Bahn geworfen zu werden.«

»Ja, natürlich ist das ein großer Verlust. Das Leben ändert sich dadurch ganz plötzlich. Es ist aber bei ihr etwas anderes. Trauer hätte ich verstehen können. Auch Verzweiflung und Wut auf Walter, der sie ja nun wirklich nach Strich und Faden hintergangen hat, der Idiot! Aber das war nicht so. Es war da so eine Veränderung in ihrer Persönlichkeit. Sie war einfach ein anderer Mensch.«

»Ich kenne eher Frauen, die in ihrem Alter anfangen zu töpfern oder Tarot-Karten zu legen. Die neue Dinge für sich entdecken und sich durchaus auch noch mal in ihrer Persönlichkeit verändern können. Aber manche Frauen entwickeln natürlich auch eine Depression. Vielleicht braucht sie einfach ein bisschen Zeit. Hast du denn den Eindruck, dass es jemanden gibt, der sich um sie kümmert?«

»Ja, da war eine Nachbarin. Sie war auch auf der Beerdigung. Sie arbeiten zusammen in diesem Café.«

»Also, wenn sie noch arbeiten geht und eine Freundin hat, dann sieht das doch schon mal gar nicht so schlecht aus. Dann hat sie in ihrem Leben noch einen Halt.«

»Du weißt ja, wir waren uns auch als Kinder nie besonders nah. Sophia war immer anders als ich. Als kleiner Junge fand ich sie verträumt und langweilig. Heute sehe ich das anders. Ich glaube, sie war immer die stärkere Persönlichkeit von uns beiden. Sie war sich immer so sicher, was sie tun wollte und was nicht. Und sie war immer zufrieden, während ich bei allem, was ich erreicht hatte, immer nur an den nächsten Schritt dachte. Irgendetwas ist passiert, wodurch sie ihre Sicherheit und ihren Kompass verloren hat.«

Louise schaute ihren Mann überrascht an. Sie hatte ihn selten so sprechen gehört. Da lag ein Zweifeln in seiner Stimme, das sie von ihm nicht kannte.

»Das Wichtigste ist doch, dass sie unter Menschen kommt und etwas zu tun hat. Dafür scheint mir ihr Job in dem Café doch wunderbar geeignet zu sein. Weißt du was, Hans …«, Louise legte ihre Hand zärtlich auf den Arm ihres Mannes, »du kannst sie ja mal zu uns einladen. Vielleicht braucht sie einfach etwas Abwechslung, um mal auf andere Gedanken zu kommen.«

Hans-Peter war nicht überzeugt. Die Vorstellung, dass seine Schwester hier in Hamburg wäre, kam ihm direkt unangenehm vor. Es würde nur noch deutlicher machen, dass sich die Geschwister nicht wirklich etwas zu sagen hatten. Die Tage mit ihr waren nur erträglich gewesen, weil es so viele Dinge zu regeln und zu besprechen gab. Immerhin mussten sie die Beerdigung organisieren. Aber Sophia hier mit seiner Familie? Das konnte er sich beim besten Willen nicht vorstellen. Abgesehen davon, dass sie bestimmt nicht kommen würde. Aber dennoch, sie war immerhin seine Schwester. Er fühlte sich irgendwie verantwortlich für sie. Gerade jetzt, wo ihre Eltern tot waren.

Er war es nicht gewohnt, mit Problemen konfrontiert zu sein, für die es keine klare Lösung gab. Er wusste nicht mehr, was richtig und was falsch war. Wie konnte er Sophia helfen? Konnte er das überhaupt? Ihm war klar, dass sowohl die Trennung von Walter als auch der Tod der Mutter bedeutsame Ereignisse waren, auch wenn er nicht wirklich einschätzen konnte, was sie für Sophia bedeuteten. War die Ehe mit Walter überhaupt glücklich gewesen? Er hatte das irgendwie immer angenommen, aber wusste er das so genau? Sophia hatte nicht über Walter gesprochen, als er bei ihr war. Aber was hatte das zu bedeuten? Die ganze Geschichte verursachte eine innere Unruhe in ihm, von der er nicht wusste, wie er sie beruhigen konnte. Er nahm sich vor, zumindest regelmäßig bei Sophia anzurufen. Vielleicht hatte seine Frau ja recht und sie brauchte einfach nur etwas mehr Zeit.

Teil 5
Der Detektiv

»Wissen Sie, das Merkwürdige ist, dass es über Jessica Moro keinerlei Spuren im Internet gibt.«

»Aber das ist doch gar nicht überraschend. Sie ist aus Russland, wie ich Ihnen erzählt habe. Warum sollte sie dort Facebook und Twitter und was weiß ich noch verwenden?«

»Herr Holzbauer, sie ist seit über 15 Jahren in Deutschland. Sie war angeblich die Tochter eines Unternehmers. Da muss es schon Spuren geben. Und ich meine nicht Facebook und Twitter, dafür bräuchten Sie ja keinen Detektiv zu beauftragen. Mit unserer Software können wir Online-Einkäufe, Flugbuchungen, Anmeldungen usw. abrufen. Glauben Sie mir, es gibt praktisch niemanden mehr, der im Internet keine Spuren hinterlässt.«

Walter fragte sich, was das zu bedeuten hatte. Der Detektiv, der sich nur mit »Jerry« vorgestellt hatte und mit seinem langen Ledermantel auch ansonsten dem Krimi-Klischee entsprach, war gar nicht zu bremsen. Man konnte ihm ansehen, dass er weitere Enthüllungen für Walter bereithielt.

»Wir haben auch einen Search in der lokalen Presse gemacht und da haben wir herausgefunden, dass sie mit einem gewissen Jürgen Fellner verheiratet war.«

»Wie bitte?«

»Ja, schauen Sie hier.«

Walter sah auf die Kopie einer Anzeige. Das war eindeutig Jessica, genauso wie sie heute aussah.

»Wir bedanken uns für die guten Wünsche zu unserer Eheschließung ...«

Wer war der Mann neben ihr? Die Anzeige war mit Jessica und Jürgen Fellner unterschrieben.

Ein schönes Paar, war der erste Gedanke, der Walter durch den Kopf schoss. Die beiden schienen wie füreinander bestimmt. Beide gut aussehend und glücklich lächelnd. Beide im gleichen Alter. Wie war es möglich, dass

Jessica ihm verheimlicht hatte, dass sie eine Ehe hinter sich hatte? Hatte sie die Ehe wirklich hinter sich? War das der Mann, mit dem Jessica ihn betrog?

»Sie wollen mir also sagen, dass Jessica Moro verheiratet ist?«

»Nun ja, ob sie noch verheiratet ist oder geschieden, konnte ich noch nicht herausfinden. Bei Scheidungen sind Anzeigen in der Zeitung ja nicht gerade üblich. Ich kann mich aber bei Herrn Fellner erkundigen oder Ihnen die Kontaktdaten von ihm geben, falls Sie selbst mal mit ihm sprechen wollen.«

»Er wohnt noch hier?«

»Ja, er wohnt gar nicht so weit weg. Hier, das ist seine Adresse.«

Nachdem der Detektiv gegangen war, schaute Walter gedankenverloren auf den Zettel, den der Detektiv ihm hinterlassen hatte. Die Adresse und Telefonnummer von Jürgen Fellner. Was sprach dagegen, ihn einfach anzurufen? Oder bei ihm vorbeizuschauen und zu fragen, was er von Jessica wusste. Als Walter den Detektiv beauftragt hatte, konnte er ja nicht ahnen, dass er ein ganzes Lügengebäude aufdecken würde. Er hätte so gerne Jessica zur Rede gestellt, aber wie sollte er das machen? Er konnte ja schlecht sagen, dass er die Infos von einem Detektiv hatte. Also vielleicht doch diesen Fellner anrufen? Aber wie peinlich wäre das für ihn? Er sah sich so, wie dieser Fellner ihn sehen würde. Ein Mann im mittleren Alter, der seiner Geliebten hinterherspioniert.

Der Gedanke an Jessica machte ihn wütend. Er war froh, dass er sie heute nicht im Büro gesehen hatte. Er wusste nicht, wie er auf sie reagiert hätte. Sie hatte ihn nach Strich und Faden angelogen. Am meisten verfolgte ihn das Bild in der Zeitung von Jessica und diesem Fellner. Wie konnte es sein, dass sie ihm in der ganzen Zeit nie von ihrer Ehe erzählt hat? Oder gab es doch irgendeine ganz einfache Erklärung? Eine Doppelgängerin? Eine Zwillingsschwester? Wobei, warum sollte diese den gleichen Namen haben?

Sophia und Susanne

Sophia öffnete vorsichtig die Tür zum Treppenhaus. Susanne hatte ihr heute Morgen einen Zettel unter der Tür durchgeschoben: »Gehe um drei mit Tim spazieren. Lust, mitzukommen?«

Der Zettel war schmutzig gewesen, das hatte Sophia sofort gesehen. Wieder ein Angriff auf sie. Natürlich hatte sie den Zettel sofort verbrannt. Sie wusste aber, dass die Nachbarin genau um diese Zeit tatsächlich spazieren gehen würde. Sie folgte in der Regel einem ziemlich genauen Zeitplan, der natürlich auch durch Tim vorgegeben war.

Sie hielt sich die Ohren mit ihrem weißen Kissen zu, als die Nachbarin genau um 15:00 Uhr klingelte, und wartete angespannt, bis sie ihre Schritte im Treppenhaus hörte. Danach war die Luft rein. Um 15:30 Uhr traute Sophia sich ins Treppenhaus. Nur wenn Susanne nicht im Haus war, konnte sie sich halbwegs sicher fühlen. Ansonsten litt sie unter der ständigen Beobachtung. Jedes Mal, wenn sie an Susannes Eingangstür vorbeiging, wusste sie, dass Susanne jede Bewegung von ihr registrierte. Jedes Kommen und Gehen. Sie wusste auch, wann sie zu Hause war und wann sie wegging. Sophia konnte das kaum noch ertragen. Sie fühlte sich unfrei in der eigenen Wohnung. Sie musste etwas dagegen tun.

Den Vormittag hatte Sophia damit verbracht, Plätzchen zu backen. Das war ja nicht ungewöhnlich in der Vorweihnachtszeit. Sie hatte die Tuben mit dem weißen Pulver in Milch aufgelöst und in den Teig geknetet. Geruchs- und geschmacklos hatte Johann gesagt. Die fertigen Plätzchen packte sie in einen Karton und schrieb darauf: »Viele Grüße aus der Nachbarschaft«.

Eine gute Stunde später stand Susanne vor ihrer Tür.

»Danke dir, meine Liebe, die Plätzchen sind ja köstlich!« Susanne hatte Tim im Arm. Er war auf die rechte Hüfte gestützt, in der anderen Hand hielt sie die Packung mit Sophias Zettel.

»Ein paar sind noch da. Wie wäre es mit einem Kaffee und wir essen den Rest gemeinsam auf?« Susanne war schon fast in der Wohnung. Sophias Herzschlag ging schneller. Wie wurde sie Susanne jetzt wieder los?

»Also, ich habe eigentlich nicht viel Zeit. Ich wollte noch einkaufen gehen …«

»Kein Problem, nur ein kleiner Espresso, dafür reicht die Zeit doch noch, oder? Wir können auch zu mir gehen.«

»Nein, lieber nicht. Nein, ich …«

»Was ist los, Sophia? Ist irgendwas mit Walter?«

»Nein, wie kommst du denn darauf? Nein, es ist alles in Ordnung. Lass uns schnell einen Espresso trinken.«

»Wunderbar!« Susanne ließ sich auf das weiße Sofa fallen.

Die beiden Frauen saßen sich gegenüber. Susanne sah Sophia prüfend an.

»Warum isst du keine Plätzchen? Ein paar Kalorien würden dir mal guttun. Anders als bei mir.«

»Ich habe vorhin schon so viele gegessen. Mir ist schon fast schlecht. Mehr geht einfach nicht.« Sophia lachte nervös.

Tim, der nach dem Spaziergang müde war und im Arm seiner Mutter geschlafen hatte, wurde plötzlich wach und griff ebenfalls zielsicher nach den Plätzchen.

»Ich weiß nicht, ob es für Tim gut ist …« Sophia sah Susanne mit aufflammender Panik an.

»Ach was, so ein Plätzchen wird ihm schon nicht schaden!«

Tim steckte sich zwei Plätzchen auf einmal in den Mund und lächelte zufrieden.

»Es tut mir leid, Susanne, ich will dich nicht rausschmeißen, aber ich müsste jetzt wirklich …«

»Ist schon gut, dann gehen wir. Mir ist nur gerade so schummrig, ich fürchte, mir wird schlecht. Ich glaube, ich sollte nach drüben gehen und mich etwas hinlegen.«

»Ja! Mach das, das wird sicher das Beste sein.« Sophia hatte Mühe, ihre innere Unruhe zu unterdrücken. »Das Beste ist, wenn du sofort nach Hause gehst.«

»Ja, mach ich schon.«

Susanne stand auf, brach aber sofort zusammen und blieb regungslos auf dem Teppich liegen.

»Oh mein Gott, Susanne, was hast du? Wach auf!« Sophia schüttelte die Nachbarin so fest sie konnte.

Was mache ich jetzt nur?, dachte Sophia voller Panik.

»Mami, Mami, was ist los?«, rief Tim und rüttelte ebenfalls an seiner Mutter.

Sophia

Sophia traute sich jetzt erst recht nicht mehr, die Wohnung zu verlassen. Sie ging auch nicht mehr zur Arbeit. Tobias hatte mehrfach bei ihr angerufen. Hatte versucht, herauszufinden, was mit ihr los war. »Es tut mir leid. Ich kann einfach nicht mehr kommen«, hatte sie ihm geantwortet und einfach aufgelegt.

Das einzig Gute an der Situation war, dass Susanne jetzt für eine Zeit lang nicht mehr hier war. Sie hatte den Notarzt angerufen, nachdem die Nachbarin leblos auf dem Teppich lag.

»Keine Ahnung, was passiert ist. Sie war hier, um sich ein paar Eier auszuleihen für das Weihnachtsgebäck. Ich habe ihr einen Espresso angeboten.« Sie deutete auf die beiden Tassen.

Die beiden Männer beachteten sie kaum, sondern widmeten sich sofort Susanne, die immer noch bewusstlos auf dem Boden lag.

»Wir bringen sie erst mal ins Krankenhaus. Wo ist der Vater des Jungen?«

»Oh, sie lebt alleine mit dem Kind. Ich weiß nicht, wo der Vater ist.«
»Gibt es sonst jemanden, den wir benachrichtigen können?«
»Ich weiß es nicht. Wir sind nur Nachbarn, ich kenne sie kaum.«
»Können Sie dann vielleicht erst mal auf den Kleinen aufpassen?«
»Nein!! Das tut mir leid. Das kann ich nicht. Ich muss gleich weg.« Sophias Stimme hatte sich fast überschlagen.
»O.k., dann nehmen wir ihn erst mal mit.«

Ob die beiden Männer es unfreundlich fanden, so zu reagieren, wo sie doch gerade noch mit der Nachbarin Kaffee getrunken hatte, ließen sie sich nicht anmerken. Sie waren schnell verschwunden und Sophia hatte nichts Weiteres mehr gehört. Natürlich hatte sie Angst, dass die Männer wiederkommen würden. Oder noch schlimmer, dass man sie festnehmen würde. Die hatten doch heutzutage alle möglichen Verfahren, um Beweise sicherzustellen. Andererseits: Das Arsen war ja jetzt weg und sie hatte noch Zeit, die Wohnung noch mal gründlich zu reinigen, damit auch wirklich alle Spuren beseitigt waren.

Die nächsten Tage waren furchtbar. Den ganzen Tag wurde Sophia den Gedanken an Susanne nicht los, und nachts gelang es ihr kaum noch zu schlafen. Mehrmals schon hatte sie den Hörer in die Hand genommen, um das Krankenhaus anzurufen. Sie musste ja wissen, wie es Susanne ging. Aber würde sie sich dann nicht verdächtig machen? Sie hatte ja gesagt, dass sie die Nachbarin nur flüchtig kenne. Aber würde sie sich nicht auch nach ihr erkundigen, wenn sie die Nachbarin gar nicht kennen würde? Immerhin war sie in ihrer Wohnung zusammengebrochen! Sie war sich einfach nicht mehr sicher, was normales, unverdächtiges Verhalten war. Andererseits, würde überhaupt jemand außer Susanne merken, dass sie sich nicht meldet? Und wenn sie mit Susanne sprechen würde, was würde diese zu ihr sagen? Würde sie wissen, dass sie versucht hatte, sie zu vergiften?

Der Detektiv

»Habe ich doch gewusst, dass es Spuren im Internet geben muss! Man muss nur unter dem richtigen Namen nachschauen!«
Der Detektiv sah äußerst zufrieden aus. Er hatte die Fährte aufgenommen und die Beute erlegt. Seine ganze Körperhaltung drückte aus, dass er etwas Interessantes gefunden hatte und es kaum erwarten konnte, Walter davon zu berichten.
»Was meinen Sie mit ihrem richtigen Namen?«
»Ihr richtiger Name ist Marina Jessica Morosow. Also, wenn man unter Marina Morosow nachschaut, dann findet man so einiges.«
Mit diesen Worten griff der Detektiv in seine Aktentasche und legte Fotos von Jessica auf den Tisch. Es waren zweitklassige Oben-ohne-Bilder aus russischen Porno-Magazinen. Walter war das unendlich peinlich. Wie konnte dieser Jerry es nur wagen, ihm diese Bilder vorzulegen? Beim Anblick dieser Bilder wurde ihm klar, dass es eine ganz andere Jessica gab, als diejenige, die er kannte. Sie muss eine Doppelgängerin haben. Jemand anderes, der genauso aussieht wie sie. Oder war es der Familie so schlecht gegangen nach dem Zusammenbruch des Unternehmens, dass sie glaubte, sich und ihre Eltern damit über Wasser halten zu müssen? Und war es ihr nur zu peinlich gewesen, darüber zu sprechen? Ja, genau so muss es sein. Er war ein kompletter Idiot, diesen Detektiv beauftragt zu haben, um Dinge an die Oberfläche zu bringen, die besser verborgen geblieben wären. Und dennoch, irgendetwas war an diesem Blick, den er auf den Bildern entdeckte. Es war eindeutig Jessica und doch war da irgendetwas Fremdes, das ihn irritierte.

Walter räusperte sich. Er hasste den Detektiv für seine klammheimliche Freude über die Entdeckung. Trotzdem siegte seine Neugier, mehr über diese andere Jessica zu erfahren. Ob es nun seine Jessica war oder eine andere Frau, die genauso aussah.
»Wie haben Sie ihren richtigen Namen gefunden?«, fragte er mit leicht belegter Stimme.

»Das war eigentlich ganz einfach. Frau Morosow unterhält ein anonymes Postfach. Dafür musste sie eine Kopie ihres Passes hinterlegen und durch einen einfachen Trick haben wir uns Zugang zu dieser Information verschafft. Wussten Sie von dem Postfach?«

»Nein, das wusste ich nicht. Was bedeutet das denn?«

»Na ja, offensichtlich möchte sie nicht, dass Sie oder jemand anderes ihre Post einsehen kann. Sie kommuniziert regelmäßig mit einem gewissen Dimitri, wohnhaft in Russland. Über ihn konnten wir nichts herausfinden. Womöglich ein Deckname.«

»Ein Deckname?«

»Ja, das könnte sein. Es könnte natürlich auch sein wirklicher Name sein. In beiden Fällen ist das keine verwertbare Information, da wir ja nur den Vornamen haben, der in Russland zudem sehr verbreitet ist. Sie kommuniziert mit ihm per E-Mail, aber immer nur vom Internet-Café aus. Sie wissen schon, das große Café am Marktplatz. Und eben die Briefe. Wenn wir mehr herausfinden sollen über den Empfänger dieser Schreiben, müssten Sie mir die Reise nach Russland finanzieren. Dann könnte ich sehen, wer dort die Post abholt. In dem Standardvertrag ist das natürlich nicht drin.«

Plötzlich kam Walter sich albern vor.

»Nein, das brauchen Sie nicht. Ich kenne diesen Dimitri, das ist ein Verwandter von ihr. Also ihr Neffe, um genau zu sein. Sie brauchen sich um diese Spur nicht mehr zu kümmern.«

Walter musste das sagen, alleine schon um seine Selbstachtung zu retten. Natürlich hatte er den Namen in Wahrheit noch nie gehört.

»Alles klar, wobei merkwürdig ist es schon, oder? Ist der Neffe denn in Schwierigkeiten? Wird er vielleicht von der Polizei gesucht?«

»Also, ich glaube nicht, dass Sie das etwas angeht.« Walter begann ärgerlich zu werden, wenn auch eher auf sich selbst.

»Ja, natürlich, entschuldigen Sie. Ist wohl so eine Berufskrankheit von mir.«

Tatsächlich sah der Detektiv ihn entschuldigend an und lächelte. Walter nahm seine letzte Kraft zusammen.

»Was haben Sie denn sonst noch herausgefunden? Ich meine, was macht sie abends? Trifft sie jemanden?« Walter vermied den direkten Blickkontakt mit dem Detektiv.

»Nein, Fehlanzeige. Keine verdächtigen Begegnungen. Sie geht fast täglich zum Postfach, schreibt E-Mails vom Internet-Café, aber wenn sie in ihrer Wohnung ist, dann ganz brav alleine.«

Walter und Jürgen Fellner

Walter stand vor einem ganz und gar durchschnittlich aussehenden Reihenhaus. Er zögerte nur einen Moment, als er auf den Klingelknopf mit dem Namen Fellner drückte. Innerlich hoffte Walter fast, dass er nicht da sein würde. Aber stattdessen wurde die Tür geöffnet und der um ein paar Jahre gealterte Mann aus dem Hochzeitsfoto stand ihm gegenüber.

»Ja, bitte?«

»Entschuldigen Sie die Störung. Mein Name ist Walter Holzbauer. Ich würde gerne mit Ihnen über Jessica sprechen.«

»Jessica? Warum? Ist ihr etwas passiert?« Die Stimme klang beunruhigt.

»Nein, gar nicht. Es ist nur … Ich bin ein Freund von ihr und Sie waren ja mal mit ihr verheiratet und kennen Sie daher sehr gut. Ich habe einfach nur ein paar Fragen.«

»Ach so, in Ordnung. Entschuldigen Sie, wir müssen ja nicht an der Tür stehen bleiben. Kommen Sie doch bitte rein. Bitte sehr.« Jürgen Fellner wies ihm den Weg in den Flur und in das kleine Wohnzimmer. Der Wohnung war anzusehen, dass hier schon lange keine weibliche Hand mehr tätig gewesen war. Junggesellenbude war die treffende Bezeichnung. Überall lagen irgendwelche Gegenstände, Zeitungen oder Schuhe herum. Alles schien recht lieblos und eher funktional zu sein.

»Ich habe gerade Kaffee gekocht. Wenn Sie eine Tasse haben möchten ...«

»Ja, gerne! Bitte schwarz«, antwortete Walter, obwohl er eigentlich abends nie Kaffee trank. Aber er wollte diesem traurig wirkenden Mann keine unnötigen Umstände bereiten. Er hatte vom ersten Augenblick an das Gefühl, mit ihm offen reden zu können, aber er merkte auch, wie sein Herz klopfte in Erwartung dessen, was er hier hören würde.

»So, Sie sind also der neue Freund von Jessica. Oder sollte ich eher sagen von Marina?«, begann Jürgen Fellner die Unterhaltung, nachdem er zwei Tassen Kaffee auf den Couchtisch gestellt hatte. Er wirkte ganz ernst und lächelte nicht einmal.

»Ich habe sie als Jessica kennengelernt. Erst vor Kurzem habe ich erfahren, wie ihr vollständiger richtiger Name ist.«

Walter wusste nicht so richtig, wie er beginnen sollte.

»Herr Fellner, ich will Ihre Zeit nicht allzu lange in Anspruch nehmen, daher komme ich gleich zum Punkt. Um ganz ehrlich zu sein, ich weiß nicht mehr, woran ich bei Jessi ... also bei Marina bin. Ich habe den Eindruck, dass sie mich belügt.«

Jürgen Fellner lächelte auf eine traurige, resignierte Art.

»Lügen ist so etwas wie ihre zweite Natur.«

»Wie meinen Sie das?«

»Sie erfindet sich gerne neu. Sie braucht das. Das Manipulieren von Menschen und das Erfinden von Lügengeschichten ist so etwas wie ein Lebenselixier für sie. Als ich sie kennengelernt habe, war sie eine Kunststudentin, die sich das Studium durch einen Nebenjob als Model verdiente. Woher sie wirklich kam, habe ich erst begriffen, als ich ihre Eltern kennengelernt habe. Von wegen Kunststudentin! Sie hat nie eine Uni von innen gesehen. Aber Sie hätten hören sollen, wie sie über Kunstwerke sprach. Das wirkte durchaus echt ...«

»Was meinen Sie damit, sie hat nie eine Uni von innen gesehen?« Walter war nun hellhörig geworden. Würde er noch mehr Lügen erfahren?

»Ich meine es, wie ich es sage. Sie hat noch nie eine Uni von innen gesehen.«

Jürgen Fellner sprach in der gleichen monotonen Stimme wie vorher.

»Das kann nicht sein, Herr Fellner. Ich arbeite mit ihr zusammen. Sie ist als Verfahrenstechnikerin bei uns eingestellt worden.«

»Ich weiß, das ist jetzt ihre neue Rolle. Jessica, die Ingenieurin.«

Walter konnte nicht glauben, was er da hörte. Gab es irgendetwas an Jessica, das keine Lüge war?

»Woher wissen Sie das? Hat sie Ihnen das erzählt? Haben Sie noch mit ihr Kontakt?«

»Sie brauchen sich keine Gedanken zu machen. Jessica und ich sehen uns so gut wie nicht mehr. Unsere Beziehung ist schon lange beendet. Aber hin und wieder ist ihr danach, mir den Fortgang ihrer Geschichte zu erzählen. Daher weiß ich von ihrer neuen Rolle und wie erfolgreich sie darin ist.«

»Von ihrer neuen Rolle?? Herr Fellner, wenn Sie wissen, dass Jessica uns belogen hat über ihre Ausbildung, dann müssen Sie doch etwas dagegen unternehmen. Sie machen sich doch sonst mitschuldig. Vielleicht sogar strafbar.«

»Wissen Sie was, Herr Holzbauer, das Ganze ist schlicht nicht mehr mein Problem. Jessica war meine große Liebe. Wir waren fünf Jahre verheiratet. Es hat lange gedauert, bis ich sie durchschaut habe. Was immer sie jetzt tut, geht mich nichts mehr an. Ich freue mich trotz allem, wenn sie glücklich ist. Sie lügt ja nicht aus Habgier oder Boshaftigkeit, sondern einfach nur, weil sie eben so ist.«

»Aber sie kann sich doch nicht als Ingenieurin ausgeben, wenn sie davon gar keine Ahnung hat!«

»Warum? Wahrscheinlich hat sie in ihrer neuen Position der Firma nicht mal Schaden zugefügt, oder? Ich meine, ob sie nun die Ausbildung hat oder nicht, ist doch irrelevant.«

»Also, ob das wirklich irrelevant ist, weiß ich nicht. Aber warum lügt sie denn? Sie ist doch nicht dumm, sie könnte doch eine Ausbildung machen und ein normales, ehrliches Leben leben. Ich verstehe das nicht … Lügt sie denn einfach nur aus Spaß?« Walter schaute Herrn Fellner an, als erwarte er von ihm die Erklärung der Welt, die er selbst nicht mehr verstand.

»Ja, man könnte es so sagen. Sie schlüpft einfach gerne in andere Rollen, sie erfindet sich ständig neu und freut sich daran, wenn andere ihr glauben. Das gibt ihr so eine Art Kick.«

»Aber das ist doch total krank!«

Teil 6
Walter und Tobias

Walter schreckte auf, als das Telefon klingelte. Er nahm den Hörer ab. »Holzbauer.«

»Guten Tag, Herr Holzbauer. Hier ist Tobias Menzel. Wir haben uns noch nicht persönlich kennengelernt. Ich bin der Besitzer vom ‚Coffee for you'.«

»Ah ja, guten Tag, Herr Menzel. Wenn Sie Sophia sprechen wollen, kann ich Ihnen leider nicht helfen. Sie wohnt nicht mehr hier. Ich kann Ihnen aber die neue Telefonnummer geben.«

»Nein danke, die habe ich auch. Ich wollte mit Ihnen reden.«

Walter war irritiert.

»Okay, was kann ich für Sie tun?«

»Herr Holzbauer, ich mache mir offen gesagt Sorgen um Sophia. Ich kann sie seit Tagen nicht erreichen und sie war in letzter Zeit so komisch.«

»Was heißt, Sie können sie nicht erreichen? Arbeitet sie denn nicht mehr im Café?«

»Nein, sie hat hier gekündigt. Die Arbeit war ihr zu viel. Das hat sie jedenfalls gesagt.«

»Das wusste ich nicht. Seit der Trennung haben wir praktisch keinen Kontakt mehr.«

»Wissen Sie, ich habe so ein komisches Gefühl. In letzter Zeit war sie nicht die Alte. Ich weiß natürlich, dass Sie sich getrennt haben, aber ich dachte mir, Sie kennen sie nun mal am besten. Vielleicht hat sie zu Ihnen noch Vertrauen.«

»Und was soll ich Ihrer Meinung nach tun?«

»Vielleicht könnten Sie mal versuchen, mit ihr zu reden? Ich weiß nicht, wen ich sonst kontaktieren soll. Ich mache mir wirklich Sorgen.«

»Warum gehen Sie nicht selbst mal bei ihr vorbei?«

»Das habe ich schon getan. Ich war gestern dort, aber sie hat mir nicht aufgemacht. Obwohl ich mir sicher bin, dass sie zu Hause war. Ich habe gesehen, wie die Gardine sich bewegt hat. Aber offensichtlich wollte sie mich nicht sehen. Vielleicht können Sie ja mit ihr reden. Wenn ich wüsste, dass es ihr gut geht, würde mich das wirklich sehr beruhigen.«

»Ja, gut. Ich werde mal bei ihr vorbeischauen und nachsehen, was los ist. Danke, dass Sie angerufen haben.«

Walter meinte das durchaus ernst. Es war nett von diesem Tobias Menzel, sich um Sophia zu sorgen, auch wenn Walter jetzt wirklich andere Dinge zu tun hatte, als sich um seine Ex-Frau zu kümmern.

Sophia

Sophia hatte sich tagelang völlig in ihr Schneckenhaus zurückgezogen. Sie hatte nicht nur die Wohnung nicht verlassen, sondern war auch kaum aus dem Bett herausgekommen. Sie wollte nichts sehen und nichts hören, nur einfach still im Bett liegen bleiben. Jetzt aber war ihr klar, dass sie das Bett unbedingt heute noch verlassen musste. Der Kopf schwirrte ihr und sie fühlte sich schwach, als sie aufstand, um sich anzuziehen.

Auch wenn sie wusste, dass es nicht richtig war, hatte sie es nicht geschafft, im Krankenhaus anzurufen. Dennoch wusste sie natürlich, dass Susanne nicht wieder zurückgekommen war. Denn dann hätte sie sich sicher bei ihr gemeldet. Oder sie hätte Tim auf der Treppe gehört. Irgendwie hoffte sie, Susanne würde einfach nicht mehr auftauchen, ohne dass je irgendjemand nach dem Grund fragen würde.

Seit über einer Woche trat sie nun zum ersten Mal ganz vorsichtig aus der Wohnung hinaus ins Treppenhaus. Als sie versuchte, sich an Susannes Wohnungstür vorbeizuschleichen, stellte sie erstaunt fest, dass die Tür offen stand. Im Flur erblickte sei Serda, die türkische Putzfrau von Susanne. Sie wollte gerade an ihr vorbeihuschen, da sah Serda sie an.

»Ach, Sie sind die Nachbarin, nicht wahr? Ist es nicht furchtbar, was passiert ist! Ich kann es gar nicht glauben.« In ernsthafter Ergriffenheit reichte Serda ihr die Hand.

»Sie meinen … das mit Susanne?!«

»Ja, schrecklich, oder? Und so plötzlich. Morgen schon Beerdigung.«

Das Wort Beerdigung traf Sophia wie ein Schlag.

Serda schaute ihr nun direkt in die Augen. »Was iss? Sie sind ganz blass! Oh, Sie haben nicht gewusst?«

Die Putzfrau kam näher auf Sophia zu. Diese wich instinktiv zurück.

»Nein, ich … Ich war ein paar Tage nicht hier. Ich wusste, dass sie im Krankenhaus ist, aber dass es so schlimm war …« Dann etwas leiser: »Woran ist sie denn gestorben?«

»Die Ärzte sagen, es war das Herz. Sie hatte immer schwaches Herz! In ihrem Alter, das ist wirklich schlimm.« Die Putzfrau hatte nun tatsächlich Tränen in den Augen.

»Wissen Sie, seit drei Jahren putze ich bei ihr. Seit Tim da ist. Sie war immer so nett zu mir. Jetzt muss ich mir suchen neue Stelle. Vermieter hat gefragt, hier noch mal zu putzen, damit er die Wohnung zeigen kann. Er will gleich wieder vermieten. Keine Tauerzeit für die Wohnung.« Jetzt weinte Serda.

Sophia stand hilflos daneben. Sie wandte sich zum Gehen.

»Was wird denn jetzt mit Tim?«, fragte sie noch wie beiläufig.

»Ich nicht wissen. Im Moment bei Susannes Mutter. Ich hoffe, er dort bleiben, sonst muss ins Heim. Sein Vater zu nichts zu gebrauchen. Die Mutter kommt morgen, um die Wohnung auszuräumen. Können Sie sich vorstellen, wie furchtbar das ist? Als Mutter die Wohnung von toter Tochter ausräumen?«

Sophia konnte die Situation nicht länger ertragen. Sie ging ohne einen weiteren Gruß die Treppe hinunter. Sie wollte zum Lebensmittelladen nebenan, um Reis einzukaufen. Es gab in der ganzen Wohnung keinerlei Lebensmittel mehr. Die letzten Tage hatte sie sich von Zwiebeln und zwei Tafeln weißer Schokolade ernährt.

Kaum war sie auf der Straße, spürte sie, dass sie zu schwach zum Einkaufen war. Sie würde es nicht bis zum Laden schaffen. Sie lehnte sich gegen einen

Laternenmast direkt vor ihrer Haustür und versuchte tief durchzuatmen. Passanten, die vorbeiliefen, schauten sie skeptisch an, sagten aber nichts. Sie spürte, dass sie kaum noch stehen konnte. Was sollte sie jetzt machen? Zurück gehen konnte sie nicht, denn die Treppen hinauf würde sie erst recht nicht schaffen und außerdem müsste sie dann wieder an der Putzfrau vorbei. Sie setzte sich erst mal auf die kalten Treppenstufen am Hauseingang. Das Gespräch mit Serda hatte sie unendlich erschöpft. Irgendwie musste sie es schaffen, wieder zurück in ihre sichere Wohnung zu kommen.

Walter

Die beiden Männer stellten sich nicht vor, als Walter ihnen die Tür öffnete, sondern hielten ihm ihre Dienstausweise vor die Nase. »Kriminalpolizei, können wir reinkommen?«

Es war wie im Film. Walter trat zur Seite und führte die Männer ins Wohnzimmer. Die beiden blieben jedoch stehen und legten auch ihre Jacken nicht ab.

»Seit wann kennen Sie Frau Morosow?«

Frau Morosow kannte er gar nicht. Er hatte mal eine Jessica Moro gekannt.

»Wir kennen uns seit einem guten halben Jahr. Wir arbeiten im gleichen Unternehmen. Warum fragen Sie? Ist ihr etwas passiert?«

»Welche Art von Beziehung hatten Sie? Nur geschäftlich oder auch privat?«

So wie der Beamte die Frage stellte, war klar, dass er die Antwort schon kannte.

»Wir ... wir hatten eine Affäre. Ist das hier relevant?«

»Ja, das ist es. Wissen Sie etwas über den Aufenthaltsort von Frau Morosow?«

»Nein, ich habe sie seit gestern Morgen nicht gesehen. Ich weiß nicht, wo sie ist.«

»Kam es öfter vor, dass Sie nicht wussten, wo Frau Morosow sich aufhält?«

»Können Sie mir nicht endlich bitte sagen, was passiert ist?«, flehte Walter fast.

»Frau Morosow hat Kundendaten von Ihrem Computer kopiert. Wussten Sie davon?«

Es war der andere, kleinere Polizeibeamte, der jetzt sprach.

»Nein, natürlich nicht. Ich hatte keine Ahnung. Welche Daten denn?«

»Frau Morosow wird beschuldigt, für ein russisches Unternehmen gezielte Spionage betrieben zu haben. Dabei ging es um verschiedenen Technologien, unter anderem auch um die Entwicklung von Batterien für Elektroautos.«

»Was sagen Sie da?«

Walter wurde unwohl. Er lehnte sich zurück und versuchte konzentriert zu bleiben. Und möglichst ruhig.

»Das ist ein Riesengeschäft für denjenigen, der zuerst die zündende Idee hat. Überall auf der Welt wird danach geforscht, daher gibt es gerade hier auch viele Fälle von Spionage. Offensichtlich hat man Ihrem Unternehmen zugetraut, hier etwas zu entwickeln.«

»Aber doch nicht in meiner Abteilung! Ich bin doch für den Einkauf zuständig.«

Plötzlich fiel ihm Strasser ein und die Forschungsabteilung.

»Frau Morosow ist sozusagen zweigleisig gefahren. Sie hat Ihre Einkaufsdaten benötigt, um zu wissen, welches Zubehör wo eingekauft wurde. Den Zugang zu den Daten der Forschungsabteilung hat sie sich ohnehin beschaffen können.«

»Das kann nicht sein, das glaube ich nicht.«

»Ich weiß, das ist jetzt schwierig für Sie. Aber erlauben Sie uns dennoch eine weitere Frage: Wie war es möglich, dass Sie sensible Daten ungeschützt auf Ihrem Privatrechner hatten?«

Als die Polizei seine Wohnung verlassen hatte, fühlte Walter sich, als hätte ihm jemand den Boden unter den Füßen weggezogen. Auf einmal schien alles Sinn zu machen. Das Postfach und die Kommunikation mit Dimitri.

»Wahrscheinlich ein Deckname«, hatte der Detektiv gesagt. Wie naiv war er gewesen! Jessica hatte ihn nicht betrogen, sie hatte ihn schlicht nach Strich und Faden ausgenutzt. Sie hatte ihm die ganze Zeit etwas vorgespielt und ihn dadurch vernichtet. Wahrscheinlich würden alle, die davon erfahren, sich heimlich über ihn lustig machen. Wie konnte er auch glauben, dass diese Frau sich tatsächlich für ihn interessiert?

Wegen dieser Frau hatte er Sophia verlassen, schoss es Walter durch den Kopf. Er musste dringend mit Sophia sprechen. Vielleicht konnte er ja manches wieder in Ordnung bringen. Er musste dringend zu ihr. Aber würde sie ihn überhaupt anhören? Fast wie in Trance zog er sich den Mantel über und machte sich auf den Weg zu seiner Frau. Was hatte dieser Tobias Menzel noch am Telefon gesagt? Sophia ging nicht mehr zur Arbeit und hatte ihm nicht die Tür geöffnet? Vielleicht litt sie ja doch mehr unter der Trennung, als es den Anschein hatte. Er würde sie um Vergebung bitten. Ihre Ehe war doch immer glücklich gewesen!

Hans-Peter und Louise

Hans-Peter raufte sich die Haare. Er hatte schlecht geschlafen und war von dem Gefühl durchdrungen, dass er schon längst hätte aktiv werden müssen. Er hatte in der Woche mehrfach versucht, Sophia anzurufen, aber immer ohne Erfolg. Nun saß er am frühen Samstagmorgen mit seiner Frau Louise am Frühstückstisch und wusste, dass er die Situation nicht länger ignorieren konnte.

»Louise, wir müssen wirklich etwas tun. Ich mache mir ernsthaft Sorgen.«
»Hast du denn mal mit Walter gesprochen?«
»Ja, das ist es ja gerade. Er sagte mir, dass Sophia nicht mehr zur Arbeit geht. Ihr Chef hatte bei ihm angerufen. Entweder sie wohnt nicht mehr dort oder sie macht die Tür nicht auf. Walter war schon zweimal abends da. Es

geht auch niemand ans Telefon. Mein Gott, Louise, vielleicht ist ihr etwas passiert.«

»Dann solltest du vielleicht lieber die Polizei anrufen.«

»Nein, bitte, Louise, lass uns dieses Wochenende hinfahren und sehen, was da los ist. Wir können von dort immer noch die Polizei anrufen, wenn sie nicht aufmacht. Aber ich habe wirklich ein ganz schlechtes Gefühl. Ich würde mir ewig Vorwürfe machen, wenn …«

»Aber was sollen wir dann mit den Kindern machen. Kannst du nicht alleine fahren und ich passe auf die Kinder auf?«

»Ich kann das nicht alleine, Louise. Bitte, lass uns zusammen fahren. Die Kinder sind alt genug, die kommen auch mal ein oder zwei Tage ohne uns aus.«

Louise sah ihren Mann nachdenklich an. In seinen Augen sah sie etwas wie Panik. Sie wusste, dass sie mit ihm nach Köln fahren musste, auch wenn sie sich das Wochenende eigentlich anders vorgestellt hatte. Sie stand auf.

»O.k., ich sage den Kindern Bescheid. Und lass mich auch noch schnell bei den Nachbarn absagen. Wir waren zum Kino verabredet.«

»Danke, Louise. Ich packe gleich meine Sachen zusammen.«

»Meinst du denn, dass wir über Nacht bleiben müssen?«

»Ich weiß es nicht, ich hoffe nicht.«

Die Fahrt verlief fast wortlos. Beide waren in ihre eigenen Gedanken vertieft und in angespannter Erwartung, was sie in Sophias Wohnung erwarten würde.

Walter und Lars

»Das kann doch nicht dein Ernst sein!« Walter sagte es resigniert mit leiser Stimme. Er saß blass und in sich gesunken seinem Chef Lars Schmidtbauer gegenüber.

»Glaube mir, das ist das Beste, was ich in der Situation für dich tun kann. Du glaubst doch wohl nicht, dass wir so eine Sache einfach ignorieren können, als wäre nichts geschehen? Walter, es geht hier um Spionage! Ich unterstelle ja nicht, dass du damit was zu tun hattest, aber du hast diese Frau an die Daten kommen lassen! Warum hattest du die denn auf deinem privaten Rechner?«

»Lars, ich bitte dich. Du weißt genau, wie häufig ich in letzter Zeit unterwegs war. Ich habe auch abends und am Wochenende ab und zu mal gearbeitet. Für die Firma, nicht für mich. Das willst du mir jetzt auch noch zum Vorwurf machen?«

»Und von Passwort hast du noch nie was gehört? Von Datenschutz?« Lars wurde jetzt eindringlicher »Walter, mal unter uns, was zwischen dir und dieser Frau gelaufen ist, geht mich nichts an. Ich muss das nicht verstehen. Aber die Interessen der Firma, die muss ich im Auge haben. Für das, was du getan hast, könnte ich dich auch wegen Untreue verklagen. Du hast deinem Arbeitgeber geschadet in einem Umfang, der noch gar nicht genau bekannt ist. Mit einer fristlosen Kündigung kommst du noch gut weg!«

»Ich war 15 Jahre in diesem Unternehmen. Und ich war immer mit vollem Einsatz dabei. Ohne auf Überstunden zu achten.«

»Ja, ich weiß, aber du warst so naiv, auf eine Spionin hereinzufallen, und zwar mit dem ältesten Trick der Welt – einer Einladung ins Bett.«

»Lars, bitte …«

»Moment, ich bin noch nicht fertig. Du warst so naiv, auf diese Spionin hereinzufallen, du hast Betriebsgeheimnisse nicht geschützt und gegen die Datenschutzrichtlinie unseres Unternehmens verstoßen. Es tut mir leid, Walter, ich hätte mehr von dir erwartet, gerade weil wir uns schon so lange kennen, aber ich kann dich nach dieser Sache nicht weiter beschäftigen. Und ich glaube auch nicht, dass du dich bei den Kollegen noch mal sehen lassen willst, wenn die Sache erst bekannt wird.«

Einige wenige Sekunden, die Walter wie eine Ewigkeit vorkamen, schwiegen die beiden Männer.

»Kann ich meine Sachen noch aus dem Büro holen?«

»Ja, natürlich. Du hast eine Stunde Zeit, dann beginnt die Direktorensitzung, da will ich dich hier nicht mehr sehen!«

Sophia

Mit klopfendem Herzen ging Hans-Peter die Stufen zu Sophias Wohnung hinauf. Er hatte während der gesamten Fahrt das deutliche Gefühl, dass er schon früher hätte kommen müssen. Als er und Louise oben angekommen waren, klingelte er nicht, sondern klopfte mit dem Zeigefinger an die Wohnungstür.

»Sophia, bitte mach auf! Wir sind es. Hans-Peter und Louise. Wir kommen dich besuchen.«

Keine Reaktion. Er legte sein Ohr an die Tür.

»Vielleicht ist sie ja gerade nicht zu Hause« sagte Louise leise.

»Moment mal. Ich glaube, ich höre etwas. Sophia, bitte mach die Tür auf!«

Sophia hatte längst die Klingel zur Wohnungstür abgestellt. Das Klingeln erschreckte sie und sie wollte auch niemandem öffnen. Die Stimme des Bruders und das Klopfen aber drangen zu ihr durch. Sie bewegte sich langsam aus dem Bett in Richtung Tür. Die Beine wollten ihr nicht wirklich gehorchen, aber sie schaffte es Stück für Stück nach vorne.

Hans-Peter und Louise glaubten ein schlurfendes Geräusch zu hören. Beide hielten das Atmen an, als sie das Schloss hörten. Ganz langsam schloss jemand von innen auf und öffnete genauso langsam die Tür. Vor ihnen stand eine völlig abgemagerte Frau im Nachthemd und sah die beiden aus dunklen Augenhöhlen erstaunt an.

»Oh mein Gott!« Walter schob Sophia zurück in die Wohnung und in ihr kleines Wohnzimmer. Dort fiel Sophia geradezu auf das Sofa. Ihre Beine waren wie Streichhölzer und ihre Ellbogen waren spitz und faltig. Louise war trotz der Schilderungen von Hans-Peter nicht darauf vorbereitet, in eine Wohnung zu kommen, die eher dem Krankenzimmer in einer Intensivstation glich als einem Ort, an dem man sich freiwillig aufhielt.

»Hallo, Sophia, wir sind hier, um dir zu helfen. Bleib einfach ganz ruhig hier sitzen. Wir werden einen Arzt anrufen. Mach dir keine Sorgen, es wird alles wieder.« Hans-Peter sprach mit beruhigender Stimme auf sie ein.

»Nein! Ich brauche keine Hilfe. Lass mich einfach in Ruhe.« Sophias Stimme war ganz leise.

»Sophia, bitte sei doch vernünftig.«

Louise ging unauffällig in den Flur. Auf ihrem Handy rief sie die Nummer des ärztlichen Notdienstes an. Es war keine Frage, dass Sophia sofort Hilfe brauchte. Sie konnten nicht länger warten. Nachdem sie die Adresse durchgegeben hatte, ging sie zurück ins Wohnzimmer und setzte sich neben Sophia auf das Sofa. Hans-Peter nahm nebenan auf einem Hocker Platz. Beide versuchten weiterhin auf Sophia einzureden, die immer unruhiger wurde.

»Moment, ich hole dir ein Glas Wasser.« Hans-Peter ging in die Küche.

Er konnte nicht glauben, was er dort sah. Der Kühlschrank ebenso wie die kleine Vorratskammer waren vollkommen leer. Es gab überhaupt keine Lebensmittel mehr in dieser Wohnung. Was war nur los mit Sophia? Wollte sie hier verhungern?

Wenige Minuten später hörten sie die Sanitäter die Treppe heraufkommen. Die beiden Männer packten Sophia mit geübten Griffen und trugen sie aus dem Haus. Sophia zitterte am ganzen Körper und wirkte wie ein erschrecktes kleines Kind. Sie versuchte zu schreien und sich zu wehren, aber ihr Körper war zu schwach. Sie brachte kaum einen Ton heraus. Hans-Peter griff erschüttert nach Louises Hand. Er konnte den Sanitätern einfach nicht folgen, um mit Sophia im Rettungswagen mitzufahren. Alles hier war so krank und unnormal.

»Wo bringen Sie sie hin?«

»In das Kreiskrankenhaus am Römerplatz. Psychiatrische Abteilung. Wollen Sie mitkommen?«

»Nein, wir folgen Ihnen. Wir fahren mit dem eigenen Auto.«

Hans-Peter und Louise

Auf der kurzen Fahrt zum Krankenhaus versuchte Louise, Walter anzurufen. Obwohl er und Sophia jetzt schon seit einiger Zeit getrennt waren, hatte sie seine Mobiltelefonnummer nie gelöscht. Nachdem das Telefon dreimal geklingelt hatte, nahm Walter ab. Louise hörte aber nur eine Art von Rülpsen.

»Walter, bist du das? Hier sind Hans-Peter und Louise. Hörst du mich?«

»Waaaas?«

»Hier ist Louise. Wir bringen Sophia ins Krankenhaus. Es geht ihr nicht gut ... Walter?«

Die Leitung war tot.

»War er nicht dran?«, fragte Hans-Peter.

»Doch ich glaube schon. Keine Ahnung, was das war. Vielleicht hatte er geschlafen und ich habe ihn durch meinen Anruf geweckt. Oder er war ziemlich betrunken.«

»Das kann doch alles nicht wahr sein! Während er säuft, stirbt seine Exfrau fast in ihrer Wohnung! Irgendjemand muss doch mitbekommen haben, was mit ihr los war. Die beiden waren ewig lange verheiratet. Sophia hatte doch Freunde, Bekannte. Ich verstehe das einfach nicht.«

Im Krankenhaus angekommen wurde Sophia auf ein Krankenbett gelegt und sofort in einen Behandlungsraum gebracht. Hans-Peter und Louise warteten auf dem Flur. Nach etwa einer halben Stunde, die beiden wie eine Ewigkeit vorkam, ging Louise zur Kaffeeküche am Ende des Flurs, um für beide einen Kaffee zu holen. Als sie zurückkam, hörte sie Hans-Peter aufgeregt mit dem Arzt sprechen.

»Was meinen Sie mit katatonisch? Sie war doch nicht katatonisch, als sie herkam! Was ist passiert? Was haben Sie mit ihr gemacht?«

»Nun beruhigen Sie sich erst mal. Sie litt ja wohl unter einer gravierenden Störung, sonst hätten Sie sie ja wohl kaum zu mir gebracht, oder? Die Patientin leidet zunächst mal unter einer lebensbedrohlichen Magersucht, das haben sie ja vermutlich auch gesehen. Möglicherweise verbunden mit einer Depression, die zu katatonischen Zuständen führen kann. Da sie nicht mit mir spricht, kann ich die Diagnose aber nicht vollständig stellen. Gab es in Ihrer Familie Fälle von Schizophrenie?«

»Was jetzt, Schizophrenie oder Depression? Worüber sprechen wir jetzt?«

»Wie schon gesagt, ich konnte die Diagnose noch nicht eindeutig stellen. Ich schlage vor, wir behalten Ihre Schwester erst mal hier.«

»Moment mal, warum wollen Sie sie hierbehalten, wenn Sie ohnehin keine Diagnose stellen können?«

Louise ergriff Hans-Peters Hand.

»Ist schon gut, Hans-Peter. Die Ärzte wollen doch nur helfen.«

Hans-Peter raufte sich die Haare.

»Ich verstehe das einfach nicht. Was ist denn mit ihr los? Ich war doch vor Kurzem, als unsere Mutter gestorben war, noch mit ihr zusammen. Da wirkte sie gar nicht depressiv. Irgendwie uninteressiert vielleicht, aber nicht traurig.«

»Das kann durchaus auch auf Depressionen hindeuten. Vor allem, wenn sie einen nahen Angehörigen verloren hat. Wir haben ihr zunächst mal ein Stärkungsmittel gegeben und ein Schlafmittel. Morgen sehen wir ja, ob es ihr besser geht und ich die Diagnosesitzung fortsetzen kann. Bei Depressionen ist äußerste Vorsicht geboten, da Patientinnen leicht zu Suizid neigen. Ich denke, morgen wissen wir mehr.«

Der Arzt wandte sich zum Gehen.

»Können wir denn zu ihr?«

»Ja, natürlich. Zimmer fünf. Sie schläft allerdings.«

Hans-Peter und Louise gingen zu ihrem Krankzimmer und öffneten vorsichtig die Tür. Sophia lag im Bett und schien friedlich zu schlafen. Die beiden konnten heute nichts mehr tun, schlossen die Tür und gingen zurück in den Flur des Krankenhauses.

»Meinst du, wir haben das Richtige getan?«, fragte Hans-Peter, der sich in letzter Zeit über gar nichts mehr sicher war. Seine bisher so wohlgeordnete Welt erschien auf einmal so zerbrechlich.

»Ja, natürlich haben wir das Richtige getan. Sie wäre irgendwann in ihrer Wohnung einfach verhungert. Es hat sich ja offensichtlich niemand um sie gekümmert. Du hast doch gesehen, wie sie aussah. Komm, lass uns für heute ein Hotelzimmer suchen und morgen früh sehen wir weiter.«

»Wir sollten auf jeden Fall auch Walter noch mal anrufen.«

»Ja, das machen wir.«

Epilog

Sophia schaute gedankenverloren auf den Bildschirm im Aufenthaltsraum. Die Schwester hatte sie bereits heute Morgen mit dem Rollstuhl dorthin gefahren. Die Frau, die auf dem Bildschirm gezeigt wurde, kam ihr irgendwie bekannt vor.

»Russische Spionin verhaftet. Die Polizei hat heute um 10 Uhr Ortszeit die 32-jährige Marina Jessica Morosow verhaftet. Ihr wird der Verrat von Betriebs- und Geschäftsgeheimnissen, Betrug und Urkundenfälschung vorgeworfen.«

Sophia schaute ungläubig. Wenn sie sich nur erinnern könnte, wo sie diese Frau schon einmal gesehen hatte!

Das Denken fiel ihr schwer, seit sie diese Tabletten bekam. Aber das war ihr egal. Hauptsache, sie musste nicht mit den Leuten reden. Die Qual hatte aufgehört. Das war ganz einfach. Das Problem war nur das Essen. Sie konnte die unreinen, bunten Sachen nicht zu sich nehmen. Wie sollte sie das nur deutlich machen? Sie aß nur noch Reis, eventuell Kartoffeln, wenn die nicht zu gelb waren. Sie stellte sich schlafend, aber sie schlief nicht. Sie wollte wach sein.

Walter kam jeden Tag in die Klinik. Auch das war für sie nicht verwunderlich. Er war ja auch früher immer da gewesen. Sie waren schließlich verheiratet. Obwohl sie sich erinnerte, dass mal irgendetwas zwischen ihnen vorgefallen war. Waren sie vielleicht mal eine Zeit lang getrennt gewesen? Sie wusste es nicht mehr. Es gab da eine Erinnerung, an die sie nicht mehr rankam. Aber Walter gehörte zu ihrem Leben. Es störte sie nicht, wenn er an ihrem Bett saß oder sie mit dem Rollstuhl in den Garten fuhr.

Aber reden konnte sie nicht mit ihm. Das Reden war nicht mehr möglich. So wie es viele Dinge gab, die nicht mehr möglich waren.